大學小言

我眼中的北大与港中大

— 陈平原 著 —

图书在版编目（CIP）数据

大学小言：我眼中的北大与港中大／陈平原著. 一
北京：生活·读书·新知三联书店，2014.6（2017.4 重印）
ISBN 978 - 7 - 108 - 04958 - 2

Ⅰ. ①大… Ⅱ. ①陈… Ⅲ. ①随笔 - 作品集 - 中国 -
当代 Ⅳ. ① I267.1

中国版本图书馆 CIP 数据核字（2014）第 061838 号

责任编辑　卫　纯
装帧设计　张　红　朱丽娜
责任印制　肖洁茹
出版发行　生活·讀書·新知 三联书店
　　　　　北京市东城区美术馆东街 22 号
邮　　编　100010
网　　址　www.sdxjpc.com
经　　销　新华书店
印　　刷　北京隆昌伟业印刷有限公司
版　　次　2014 年 6 月北京第 1 版
　　　　　2017 年 4 月北京第 3 次印刷
开　　本　787 毫米 × 1092 毫米　1/32　印张 8.75
字　　数　130 千字
印　　数　08,001—11,000 册
定　　价　38.00 元

（印装查询：010-64002715；邮购查询：010-84010542）

目录

下编　大学评论

序

　　在收入《大学有精神》(北京大学出版社，2009年)及《历史、传说与精神——中国大学百年》(香港：三联书店，2009年)的《我的"大学研究"之路》中，有这么一段话："谈论中国大学，可以是专业论文，也可以是即兴演说，还可以是随笔、短论、答问等。之所以长枪短棒、匕首弹弓一起上，一是兼及历史与现实，努力介入当下的社会(教育)改革，二是思考尚不成熟，为文略嫌匆促。"如此自我辩解，主要是感叹没能"就北京大学撰写沉甸甸的专著"。现在看来，不必那么自我压抑——短论就是短论，随笔就是随笔，卸下了学问的盔甲，畅所欲言，未尝不是一件快事。若不拐弯、不加注、不粉饰，直来直去，三言两语就道破天机，或直指人心，那才叫本事呢。

　　不想发展成为专著，就这么"随便谈谈"，谈大学的功用，谈校史的力量，谈教授的职责，谈校长的眼光，谈课程的魅力，谈博

2 .

士的培养，谈学科的建设，谈学生的志气，谈排名的困惑，谈改革的代价……想到哪，谈到哪，"行于所当行，止于所不可不止"，那是很幸福的事情。

当然，这需要机缘。今年初，《新京报》约我开专栏，说好是自由自在地"谈大学"。犹豫了好一阵子，终于答应了，打动我的是妻子的一句话：不如把近几年在北大、港中大两边跑的感想写下来。

说"感想"而不是"思考"，并非故作谦虚。这些年谈大学，我发现，抄校训或章程不顶用，讲校史与故事也不顶用，很多时候，大道理谁都懂，只是一到具体操作，全忘了。不是真忘记，而是受各种内外条件的限制，不得不停顿、迂回乃至放弃。我没有那么大的野心，无力指点江山，只能站在观察员的立场，从细微处入手，帮助读者了解"另一种大学"。至于你愿意从外往内看，还是从内往外看，悉听尊便。

平时很少开专栏，只记得曾为《中国图书商报·书评周刊》写《看图说书》（2000 年），在《文物天地》连载《大英博物馆日记》（2001—2002 年），前者 14 则，后者仅 7 期。这回坚持这么长时间，2 月开工，12 月收摊，中间没有断档，这已经很了不起了。

《新京报》2013 年 3 月 23 日刊出《大学小言》的开篇《小言"小言"》，可第二、三、四则在此之前就问世了。记得很清楚，那天傍晚，我在拉萨出差，突然接到编辑电话，说版面出了问题，需要应急，故将我的三则短文捏合成《陈平原：我眼中的北大与港中大》，明天见报(《新京报》2013年3月2日)。我当然明白是怎么回事，毫不犹豫地答应了。此后各期，除了一则"有碍观瞻"被卡住，其他的基本正常刊出(偶有因报纸版面调整而中断者)。

9月初，香港《明报》记者来访，撰写《中大五十年：大学还有大学精神吗？——专访陈平原》(《明报》2013年9月24日)，同时提出，与《新京报》分享"大学小言"专栏。征得同意后，《明报》从2013年9月28日起，也是每周一则。至于此专栏结束的时间，《新京报》是2014年1月18日，《明报》则延长了两周。

让我感动不已的是，居然有不少热心教育的朋友追踪此专栏，且不失时机地喝几句彩。更有好几家内地及香港的出版社，刚看了几则，便找上门来，表示愿意出书。正是他们的热情鼓励，使得我明知这些短文不登大雅之堂，也愿意见缝插针，把事情做完。

考虑到"大学小言"专栏文字不多，出书显得单薄；我配上了这两年所撰关于大学的评论或随感。两组文章均按写作时间排列，其中的思路不无交叉处，可以互相印证。

15年前，因编《北大旧事》(北京：三联书店，1998年)、撰《老北大的故事》(南京：江苏文艺出版社，1998年)，被人戏称为"校史专家"。我当即发表《辞"校史专家"说》(《新民晚报》1998年

5月10日），澄清自己的学术立场："从事学术史、思想史、文学史的朋友，都是潜在的教育史研究专家。因为，百年中国，取消科举取士以及兴办新式学堂，乃值得大书特书的'关键时刻'。而大学制度的建立，包括其蕴涵的学术思想和文化精神，对于传统中国的改造，更是带根本性的——相对于具体的思想学说的转移而言。"

这本小书，依旧持此立场：谈论中国大学，兼及大视野与小感触，从自己比较熟悉的北大和港中大入手，但明显超越"校史专家"的眼界、趣味与责任。

2013年12月25日于香港中文大学客舍

－ 上编 －

大 学 小 言

小言"小言"

　　朋友约我为《新京报》写专栏，话说得很轻巧：你不是也在香港教书吗，为我们写点小东西，谈谈香港的教育问题，就当茶余饭后的"闲聊"。天哪，这么严肃的话题，更适合于博士论文或专门著作，竟要我用每周一次的"千字文"来对付，那岂不是杀牛用鸡刀吗？

　　我说不行不行，"香港教育"的内涵很丰富，包括大学中学小学幼儿园，我略有所知的，仅仅是大学。

　　"那就谈大学问题。"朋友用不容拒绝的口吻说。

　　想想也是，十多年来，我一直关注大学问题，还出了好几本书，将话题延伸到香港，也不是不可以。香港这么个"弹丸之地"，居然涌现三所亚洲一流大学（香港大学、香港中文大学、香港科技大学），而另外五所公立大学也都定位准确，个性鲜明，办得有声有色，这不能不说是个奇迹，确实值得认真探究。

　　第二天醒来，发现一个大漏洞：我虽也在香港科技大学、香港教育学院、岭南大学有头衔（无薪金），可作为香港中文大学中国语言及文学讲座教授，我对香港大学制度的了解，其实是以中大为主。

"很好，那就谈中大吧。"朋友显然觉得我的担心有点多余。

刚想答应，又冒出了新难题——香港中文大学有文学、理学、医学、工程学、社会科学等8大学院，我所知道的，仅仅是其中一个很小的角落。挣扎了好一阵子，这回是自己给自己解了套：不就是千字文吗，没人要求你面面俱到。而且，说得太全面，反而有悖"专栏文章"的特性。

文学史家论及香港文坛，大都会关注香港报纸上那些千奇百怪、无所不能的专栏文章。学院派对此类"豆腐块"看不上眼，可就像《沧浪诗话》说的："夫诗有别才，非关书也；诗有别趣，非关理也。"写专栏也是一种本事，表面上东拉西扯，没个正经，可在如此狭小的天地中腾挪趋避，翻新出奇，实在不容易。而且，在我看来，专栏文章乃晚清以降文学与传媒结盟这一主潮所结下来的正果，不该被轻视。你只能感慨自己或他人无此别才，写不好专栏文章，不能连污水带孩子一并泼掉。

如此篇制短小、不成体统、有感而发、随意挥洒的"即兴写作"，除了刊载于报章故多少受现代新闻业影响，若从文体上追溯，约略等于古人所说的"小言"。查《汉语大词典》，"小言"除了作为文体外，大略包含以下三层意思：不合大道的言论；有关小事的言论；精微之言。若能三者合一，便是理想的专栏文章——谈的是有趣的小事，采用非学术的语言；表面上无关大道，偶尔也能谈言微中。

念及此，一通百通，就以我在香港中文大学教书的经历为观察点，左盘右带，上求下索，思考中国的"大学问题"。

朋友一听，说，就是这个意思，赶紧写吧，春节后交稿，最好一次交来三四篇。

今年的春节，瑞雪不见，雾霾多多，整天躲在家中写文章，实在不好玩。

隐身与在场

　　一个偶然的因素，我成了北大、中大的双聘教授。半年北京，半年香港，说起来很惬意，可有一点，必须不断变换频道，要不，一不小心就会说漏了嘴。比如，明明是在香港教书，讲着讲着，会提及北大学生对这个问题的看法。一开始很警惕，有些话到了嘴边会突然收住或拐弯，因怕听众不能接受。反而是学生们鼓励我尽管直说，他们愿意听不同的声音。系里开教授会，讨论棘手问题，系主任有时会问，你在北大碰到类似问题如何处理？

　　这也是香港人的好处，看多了风云变幻、潮起潮落，再刺激的言论，再怪诞的立场，也都愿意"洗耳恭听"——至于是否接受，那是另一回事。有自尊，但不过敏，随你褒贬抑扬，我自岿然不动。这种心态，我喜欢。具体到大学里，就是保证不同立场、不同学养的人都能畅所欲言，但不保证你说了管用。你必须适应各种礼貌性的点头、鼓掌与遗忘，学会"白说也要说"。虽说香港回归已经十多年了，但"一国两制"的设计，以及此前长期的政治对抗与文化隔阂，两边不可能"心往一处想，劲往一处使"。能做到坦诚相见，已经是最佳状态了。

目前香港各大学的教授中，不少是内地背景但在欧美大学拿学位或教职后，转来香港任教的。与这些已经很好地融入香港社会并发挥作用的教授不同，我是脚踩两只船，两边都得适应——做得好，各采其长；做不好，各得其短。记得我刚被双聘不久，那时的北大校长许智宏院士还再三叮嘱，在香港，要多看看，了解人家大学是怎么办的。

博士毕业，留在北大工作，25年来，我虽走南闯北，在日本东京大学和京都大学、美国哥伦比亚大学、德国海德堡大学、英国伦敦大学、法国东方语言文化学院、美国哈佛大学以及台湾大学从事研究或教学，但都是来去匆匆，浮光掠影。我曾半开玩笑说，最喜欢谈国外大学如何如何的，多是进修三个月的访问学者。因为，新鲜感还没过去，尽往好处想，且觉得事情就是这么简单。待久了，你知其然也略知其所以然，了解阳光底下的阴影与黑暗，反而不敢轻易下结论。除了长期工作的燕园，我略有了解的，就只是此专栏准备谈论的香港中文大学了。

意大利著名小说家卡尔维诺著《看不见的城市》，第六章描写出生于威尼斯的马可·波罗向忽必烈讲述自己所知道的或经历过的城市，汗王不满足，责备他不该漏了重要的威尼斯。马可·波罗的答复是："我每次描述一个城市，其实都是讲威尼斯的事。"

威尼斯作为一种底色、一种眼光、一种尺度，深刻影响了马可·波罗对于世界上无数城市的阅读与阐释。同样道理，我对中大等香港大学的阅读与阐释，也深受北大这所题中未有、隐身但在场的大学的影响。

排名的困惑

上世纪 90 年代，原北大校长丁石孙访问香港，有记者问他北大和中大哪一个更优秀，他毫不犹豫地回答：当然是我们北大。有中大教授不服气，投书报纸，历数两校的师资、经费、发表论文、办学条件等，一项项分析，得出的结论是：中大的整体实力在北大之上。对于那个时候的我来说，此未经证实的传说，可谓"振聋发聩"——中大怎么能跟北大相提并论呢？

九七回归前后，国人基于爱国主义热情，迅速普及"香港百科知识"，但主要集中在政治、经济以及娱乐文化；2004 年起，教育部同意香港 8 所公立大学在内地招收自费生（此前属于试验性质，规模很小），极大地激发国人了解香港高等教育的热情。时至今日，谈起港大、中大、科技大，很多内地高中生及其家长，都已经如数家珍了。我本人就不断碰到类似提问：孩子同时考上了北大和中大，你说该上哪个好？或直截了当追问这两校的"国际排名"孰高孰低。

　　七八年前，我曾撰文讨论让所有校长"又爱又恨"的大学排名——那年的泰晤士高等教育排名，把北大推到前所未有的第十七位置，而我则认为，"这个排名所肯定的，不是北大的科研成果，而是中国在变化的世界格局中所具有的重要性"（参见《大学排名、大学精神与大学故事》，《教育学报》2005 年 1 期）。此后，北大的国际排名逐渐稳定下来，与香港中文大学很接近，处于伯仲之间。

　　看去年发布的三大排名：泰晤士高等教育全球大学排名，北大排 46，中大排 124，似乎北大遥遥领先；可根据英国高等教育调查公司 QS 世界大学排名，中大排 40，北大排 44，北大又落到后边；而上海交大世界大学学术排名的情况是：北大、中大以及香港大学、清华大学、浙江大学、上海交通大学这 6 所华人地区最好的大学，同列世界第 151—200 位之间（此榜单中，除前 100 强外，后面只是分段公布）。

　　最近十年，"大学排名"的影响力急剧提升，成了悬在校长们头上的一把利剑。明知那些凭借真假数字堆积起来的排名不太可靠，可谁也不敢置之不理。因为，对于许多学生家长及公众来说，这是他们了解学校办学水平的唯一捷径。因此，校长们只好采用机会主义策略——排名低时英勇反驳，排名高时积极引用；对外说是无所谓，对内其实很在意；碰到大学者与接待捐款人，排名或隐或现……校长们之所以如此"灵活机动"，就因为你的大学还没到"无可撼动"的地步，排名高低会影响你的社会声誉及招生状况。

很高兴中大有志气，校长称不积极参与此类排名游戏，因为："如果大学的使命是教育学生、创造知识，以改善人类生活的素质，使世界变得更加美好，同时促进我们的文化和承传的话，我们便需要在'影响深广'的科技研究和影响力相对较低的人文学科研究之间维持平衡。"（参见沈祖尧《别让排名"挤掉"大学首要使命》）此举说明中大的独立、自信与成熟，不追风，不造假，不迎合。当然，这与中大目前处于平稳发展期，没有大风大浪，也不会大起大落，因而前进的步伐可以相对从容些有关。

择校之艰难

在我看来，高考前后的考生家长，属于"不可理喻"的一群——即便是学富五车的大学教授，也都变得唠唠叨叨，很不自信；而且，比即将走进考场的孩子还紧张。也难怪，在中国这样的"学历社会"，第一学位（本科）确实很重要。

想当初刚恢复高考，我辈只求有学上，才不管你是著名大学还是普通师专。如今的孩子们，东挑西拣，不是名牌大学，宁肯选择复读；家庭经济好的，干脆远走高飞，到国外求学去。无可选择，固然痛苦；选择太多，照样也痛苦——甚至更"彷徨无地"。大城市里的父母，凡有孩子上中学的，最喜欢讨论的话题是：到哪里上大学，以及上什么样的大学。

国内大学如何排座次，考生及家长大都心里有数。若是将就读美国的、欧洲的、日本的或俄罗斯的大学也作为选项，那可就费心思了。东打听，西请教，获得诸多参数后，往往很难取舍。如今有了"赴港求学"这第三条道路，问题就变得更复杂了。好在目前台湾各大学在大陆招生时，因政治考量而不提供奖学金，对优秀考生吸引力不大；若"台清交"（"台湾大学"、"清华大学"、"交通大学"）等也加入战局，那就更加让人纠结了。

考生们用脚投票，不一定在境内（内地、大陆）念大学，这一选择，对中国高等教育是个巨大的冲击。中国人口多，生源丰富，愿走且能走的毕竟是少数；但此举削弱了北大、清华等名校的"明星效应"，关系实在重大。以往"皇帝女儿不愁嫁"的国内名校，如今也都坐不住了，正使出浑身解数争抢好学生。我希望这一"变量"发生鲶鱼效应，倒逼积弊丛生的中国高等教育，进入改革通道。

站在内地诸多好大学的立场，如今最迫在眉睫的挑战，应该是香港各大学的成规模招生（去年大约招收 1600 人）。暂不说国家大事，就谈考生个人该如何选择。能在香港的好大学获得高额奖学金且选到自己喜欢的专业，这样的机会很难得，应该抓住；但如果是自费（各种费用加起来，念完本科，大约需人民币 60 万），且学校及专业都不怎么理想，请仔细斟酌。

我同时在北大与中大教书，对这两所名校的好处与缺陷均有体会，每当被问及如何择校时，我首先问学生的志向与趣味。两所大学的国际排名接近，硬件及师资各有长短，差别不是很大；差异较大的是办学理念与教学方法，还有就是日后的出路：如果希望将来在港工作，当然选择中大；如果渴望在迅速崛起的中国舞台上有所作为，则北大更具优势。

　　对于已下决心赴港求学的学生，我唯一的建议是：选大学的同时，请考虑专业。香港各大学有"最佳专业"评选，类似我们的一级学科评估，大致可信。我所熟悉的香港中文大学共拥有17个"最佳专业"，居香港各大学之首；而中大文学院各学系中，被评为"最佳专业"的是：人类学/人文科学、中国语文及文学、中文教育、英国语文、历史、哲学/宗教。

国际化水平

　　在全球化时代谈论中国大学的"短板"，最常被提及的，就是"国际化程度低"。相比之下，香港各大学因其特殊的历史传统以及现实的制度安排，在这方面明显占优势。于是乎，辨析内地学生为何选择港校，以及为何在各种大学排行榜上香港的大学位置靠前时，最"毋庸置疑"的说法是：人家国际化水平高。

　　此说大致可信，但也不无可议处。因为大学的国际化程度，牵涉教师的构成、课程的设计、成果的发表、舞台的建构、学生的体验等，必须逐一分辨，方能明白何处是不可逾越的障碍，哪些是容易达成的目标。

　　第一次拿到香港中文大学教职员名录，发现每位助理教授、副教授、教授以及讲座教授的名字后面，都有简注：哪个大学的学士、硕士、博士，一目了然。不用说，大都是欧美名校的博士。初看很震撼，仔细想想，那是中国的特殊国情决定的。以北大为例，我算是第一批文学博士，此前毕业留校的老师，都没有博士学位（也有日后补念的），但这不等于他们学术上不行。这是个历史遗留问题，很快就能解决。再过十年，内地高校教师基本上都有博士学位，只是不见得非出自欧美名校不可。

招聘教师时格外迷信欧美名校学历，乃今日东亚各国大学不自信的表现。我承认哈佛、耶鲁在整体学术水平上高出北大、清华一截，但校方之所以对欧美名校毕业生高看一眼，其实还有小算盘——在英美学术期刊上发论文，对提高大学排名有帮助。内地高校教授以"土鳖"为主，SCI 人均产量肯定不如香港的大学。10 年前，北大人事制度改革时，也曾提出外语授课的要求，此高论因未顾及中国国情以及专业设置（比如，是否有必要在中国用英语讲授《文心雕龙》），被嘲笑得一塌糊涂。

香港中文大学的教学语言为"两文三语"，即英文、粤语、普通话。相对于北大来说，港中大用英语授课的科目要多很多。在这个意义上，说后者比较国际化，是可以接受的。但如果说的是"学术视野"而非"工作语言"，那就很难一概而论了。

没做过仔细统计，一个直观感觉是：北大学生见识"国际著名学者"的机会，比港中大的学生还多。这不全是北大校方的功劳，而是国家实力在支撑。中国内地之迅速崛起，吸引了无数好奇的目光。而北大作为学术乃至政治的"绝佳舞台"，其魅力远超过港中大。这就难怪其很容易邀请到一流的学者、作家、企业家乃至政治家——之所以把政治家放在后面，因其出场很大程度属于政府安排，不是北大想请就能请的。

单有这些撑门面的"大腕"还不够，各院系都有自己的"国际交流计划"。这些年，北大经费明显增加，燕园里时常见到我熟悉或闻名的外国教授身影。

3年前，北大中文系借百年庆典之机，募集经费设立"胡适人文讲座"，我在答记者问时，坦承此举乃追慕香港中文大学的"钱宾四先生学术文化讲座"。为什么同样在做国际学术交流，我们风风火火，人家波澜不惊？我的解读是，工作一旦步入正轨，讲话时就没必要满脸跑眉毛了。

交换生计划

所谓大学的国际化，难的不是教授，而是学生。请几个国际著名学者来讲学，或送本校教授出去参加国际会议，这在今天的中国大学，可谓易如反掌。至于校长书记出国考察，那更是如过江之鲫了。

我关心的是，在校的大学生及研究生有无如此机缘。第一次踏出国境，在国际学术会议上发表论文或参加学术考察，那种新鲜感与激动的心情，日后永远不会忘记。其实，对方也没什么了不起，只是跟你长得不一样，让你有机会照照镜子，即便谈不上"文化震撼"，多少也会有冲击、感怀与启示。

若干年前，北大校长发下宏愿："让每一位北大大学生在校学习期间至少有一次出国的机会。"在当下的中国，这几乎是不可能完成的任务。我明白困境所在，为校长的"誓言"加了两个注：第一，所谓"出国"，包含港澳台；第二，所谓"机会"，不论时间长短。有了这两个补注，可操作性强多了。

现在情况如何？据北京大学国际合作部编《从这里，我们走向世界》称："在2011—2012学年中，我校本部共有近3000名学生参加不同类型的海外学习项目或短期访问活动。"北京大学现有本科生14465人、硕士生10031人、博士生5088人，合起来应该是29584人。以平均在校时间4年计，每年必须有七千多人出去（且不重复派出），才可能实现校长的许诺。这当然属于吹毛求疵，一所中国大学，每年有近3000名学生参加不同类型的海外学习或交流，这已经很了不起了。比起我当初博士毕业留校工作两年后，才第一次战战兢兢地走出国门，今天的北大学生还是很幸运的。

在校期间有机会参加"国际学术交流"，这是各大学招徕学生的最佳广告。香港中文大学在这方面战绩辉煌，自然不会"锦衣夜行"。查《香港中文大学概览及统计资料2012》，本年度外出交换的本科生人数是1276名，而当年新生入学人数是3482名。换句话说，本科生有1/3"外出交换"的可能性。

这里的"外出交换"和"出国机会"，是两个不同的概念。前者一般指3个月以上的专心学习，后者则可以是两三天的学术会议。同样是《从这里，我们走向世界》，"编者按"中有这么一段话："截至2012年5月，北京大学与260多所海外大学签订了校级交流协议，常规校际交换项目近80个，假期项目及实习项目25个，学位奖学金项目10余个，每年仅通过国际合作部派出学生人数已攀升至近600人。"这里所说的"派出学生"，不包含短期出国，其含义约略等于港中大的"外出交换生"。这么一说，你就明白差距所在——港中大 1323，北大近 600。

北大与港中大，两校本科生人数差别不大，差别大的是研究生（北大约略是港中大的七倍）。有趣的是，同样支持学生外出，两校的策略不同。香港中文大学 2012 年"外出交换"的研究生只有区区 47 名，远不及北京大学。之所以把"外出交换"的机会主要给了本科生，除了考虑奖学金设立者的意愿、研究生学制短且须为导师"打工"外，很重要的一点是：本科生乃大学的亲骨肉，也是日后为母校捐款的主力。

留学生比例

　　不说主要承担对来华留学生进行汉语教育和中华文化教育的北京语言大学，单就一般大学而言，行走在校园里的留学生，不仅仅是一道"靓丽的风景"，更是文化多样性以及大学声誉的绝佳体现。

　　据北京大学招生办公室编印的《2011招生简章暨报考指南》："北京大学每年接收5000多人次外国留学生在校学习，无论在教室讲堂还是在未名湖畔，你都有可能与来自异国的学子相遇，结下深厚的友谊。"此乃广告文字，倾听时必须略打些折扣。在我看来，谈留学生数目，应严格区分汉语培训与专业课程；北大引以为傲的，应该是后者。

　　为庆祝北大中文系创建100周年，我请人专门统计，得到如下三组数据：北大中文系自改革开放以来培养的毕业生中，留学生占14%；若统计1998—2008年间毕业生，则留学生占26%；当下（2010）在校生中，留学生占23%。这里所说的留学生，不含短期培训，是指那些进入专业课程，准备拿学士、硕士、博士学位的。记得汇报工作时，校长对此数字特别感兴趣，说哪一天我们的数理化也能如此，那就太好了。这当然是专业特殊性决定的，吸引欧美发达国家的学生来北大学中国文学，远比让他们来学物理化学要容易得多。

查《香港中文大学概览及统计资料 2012》，当年就读港中大的交换生（本科生）总数是 1361 名，来自 29 个国家及地区，其中排前十位的是：美国 384 名、新加坡 209 名，日本 122 名、内地 107 名、加拿大 96 名、荷兰 64 名、韩国 50 名、澳洲 48 名、英国 41 名、丹麦 33 名。如此留学生（交换生）分布图，远比北大等国内名校的以东亚为主（尤其是韩国）要理想得多。

这里的关键在于，同样招收留学生，人家贴钱，我们大都搞创收。上世纪 90 年代起，内地南北各大学纷纷敞开大门，欢迎各国留学生来华就读。此举使得学汉语的人数迅速增加，是大好事；但将招收留学生作为创收项目，则明显降低了内地学位的含金量。北大算是较早意识到这个问题，并做了积极调整的（包括减少招生数量，提高录取分数线，以及以奖励形式返还部分学费等），但留学生教育水平依然不理想。

依我浅见，已经"温饱有望"的内地大学，应该从战略高度反省以往的留学生教育。哪些项目继续收钱，哪些大学互免学费，哪些学生可提供奖学金，最好有个通盘考虑。放长视线，着眼未来，招收聪慧的外国学生，以及支持贫困国家的学生来华学习，其实是"最好的投资"。

以前人穷志短，有些话说了也白说；眼下似乎到了临界点，应适当调整留学生教育中"创收"与"学术"二者间的比重——起码对于正积极争创"世界一流"的内地诸多名校来说是如此。在此过程中，我只想提醒一点，无论是政府统筹，还是大学专设，奖学金最好投向那些对我们国家长远利益有利或需要积极扶持的专业领域，而不该放任自流。让留学生拿中国的钱，选热门的专业，回去好多多赚钱，绝非设立奖学金的本意。

走出去的步伐

"北京大学与260多所海外大学签订了校级交流协议",香港中文大学则"至今已与世界各地逾200所学府订立学生交流计划"——我相信两校的自我表白,而且,国内名校大都能拿出类似的数据。需要追问的是,愿意跟你合作交流的是哪些大学,以及协议是怎么签的、实际执行效果如何。

应该说,签"校级交流协议"是很严肃的事,双方都在互相掂量与揣摩;因为你签了二流大学,人家一流大学就不跟你签了。因此,合作协议不是签得越多越好。我相信,北大、港中大签合作伙伴时,都能找到一流大学。只是这些协议虚实不同,有仅限于研究课题的,有互请教授的,也有交换学生的——我最看重的是第三种。同样是接受交换生,象征性的三五名,与成规模、可持续的几十上百,意义明显大不一样。2012年香港中文大学送出去交换的本科生,分布在32个国家或地区,美国最多,374名;其次内地,140名;再次英国,114名,往下有澳洲105名,荷兰

80 名，加拿大 64 名，日本 57 名，法国 54 名。如此 "国际交换"，北大目前做不到，其他内地的高校更是望尘莫及。

可最近几年，随着国力的增强以及教育经费的增加，中国大学越来越自信，走出去的步伐明显加快。你到欧美各著名大学走走，到处都是内地来的访问学者或交换学生，且基本上都是自费。

这当然是很大的进步，20 年前，我们到海外参加国际学术会议，机票、住宿之外，还会拿到主办方给的零花钱。而现在，我们的教授自带经费，跑到全世界各著名大学去访问、进修、合作研究，当然是扬眉吐气了。但必须承认，今天内地的大学教师之所以满世界找合作 / 指导教授，有钱是一回事，更重要的是很多大学制定政策，若你想晋升职称，不管学的是什么专业，都非在海外待上一年半载不可。南方有所名校，甚至将留学一年以上作为招聘教师的基本要求。如此刻意追求 "国际化"，在我看来是走火入魔。但大势所趋，各高校的教师们不得不纷纷上路，用各种名目外出镀金。

为了便于本校师生外出学习与进修，大学校长们都喜欢与海外大学签合作协议。可我注意到，很多冠冕堂皇的协议，无法落到实处。偶尔参加谈判，更是觉得气馁——对方一提具体条件（尤其涉及经费），我们的领导就开始打太极拳。

所谓 "国际合作"，学校签的协议，有时不如院系一级的见效。这些年，各大学除了校级交流，还鼓励各院系自作主张，开疆辟土。

当北大中文系主任那几年，在签合作协议这方面，我很慎重。并非目中无人（校），而是担心此举的负面效应。香港中文大学的交换生计划，是有实实在在的奖学金在支持——翻看《香港中文大学概况 2012—2013》，第 176 至 201 页开列名目繁多的奖学金供学生申请。而目前内地各大学提供海外交流的奖学金数量很有限，很多大学及院系签的协议其实是自费项目。我不喜欢谁有钱谁出去"交换"这么一种思路，那样不公平，而且，会分散在校生的注意力，影响整个大学的教学质量。至于为出去而出去，将出国交换作为一种炫耀的资本，更不可取。

本土情怀

大学办得好不好，并不完全取决于"国际化水平"。北大百年校庆期间，我说过一句很有名的"大话"："就教学及科研水平而言，北大现在不是、短时间内也不可能是'世界一流'；但若论北大对于人类文明的贡献，很可能是不少世界一流大学所无法比拟的。因为，在一个东方古国崛起的关键时刻，一所大学竟然曾发挥如此巨大的作用，这样的机遇，其实是千载难求的。"直到现在，我还是坚持自己的观点，中国大学的意义，不仅仅是教学及研究，更包括风气的养成、道德的教诲、文化的创造等。

10年前，讨论北大人事制度改革时，我写过几篇文章，其中一则《国际视野与本土情怀》，刊《三联生活周刊》248期（2003年7月14日），说的是："大学不只需要SCI或诺贝尔奖，更需要信念、精神以及历史承担。"在这个意义上，大学不像工厂或超市，不可能标准化，必须服一方水土，才能有较大的发展空间。文章中有一段话，今天读来，虽略嫌煽情，但大致在理："百年北大，其迷人之处，正在于她不是'办'在中国，而是'长'在中国——跟多灾多难而又不屈不挠的中华民族一起走过来，流血流泪，走弯路，吃苦头，当然也有扬眉吐气的时刻。你可以批评她的学术成就有限，但其深深介入历史进程，这一点不应该被嘲笑。如果有一天，我们把北大改造成为在西方学界广受好评、拥有若干诺贝尔奖获得者，但与当代中国政治、经济、文化、思想进程无关，那绝对不值得庆贺。"

相对而言，香港各大学的师生普遍缺乏北大人的这种气度与情怀。高薪礼聘的教授来自四面八方，专业水平很高，眼界不限于香港，其表演舞台很可能设定在遥远的北美或欧洲。这就难怪，大学校园里，关心近在眼前的"香港"之前世今生者并不很多。除回归前后那10年，香港的大学教授，不太有介入社会、影响变革的意愿与能力。老师认认真真教书，学生勤勤恳恳求学，一切按部就班，似乎一眼就能看到30年后的前景。如此过早的职业化追求，与北大学生的"志大才疏"恰好形成鲜明对照。

最近10年，随着大批内地学生来港读书，加上诸多内地背景的教授加盟，还有就是香港特别行政区自身政治、经济、文化趋势的演进，今天香港的青年学生，其视野、志向及趣味明显与以前有别。记得6年前我第一次在中大中文系研究生主课"讲论会"上侃侃而谈，一旦脱离技术问题，听众便反应漠然。现在反过来，学生们会操着不太娴熟的普通话，针对某些他们关心的"宏大话题"，努力与你沟通、对话乃至争辩。这是一个可喜的变化，学生们不仅关心香港问题，也关心整个大中华的命运；不仅听你说，也要说给你听。在此过程中，香港的大学开始"接地气"了。

"国际视野"确实是香港各大学的长项，若能添上"本土情怀"，无疑将走得更远。这里所说的"本土"，超越香港一地，涵盖整个大中华区。而反观内地大学，如今正恶补"国际化"这一课。只希望国人不要如狗熊掰棒子，掰一个丢一个——对于大学来说，"本土情怀"永远不可或缺。

什么样的校训

　　谈论某某著名大学，论者一般都会提及校徽、校歌与校训；尤其是后者，往往成为解读该大学特性或品格的重要依据。我不喜欢这种思路。因为，校训就好像口号，最多只能体现发明者的初衷。至于大学日后怎么走，不一定循此途径，更不见得能达到此"澄明境界"。就拿北大与港中大的校训为例，你就明白问题的复杂性。

　　香港中文大学的校训很明确——"博文约礼"四个字，印在校方的各种宣传材料上。此校训典出《论语》："君子博学于文，约之以礼，亦可以弗畔矣夫。"既求知识渊博，又讲修身实践，如此德智并重，乃创立中大的先贤们的志趣。如此校训，与清华大学的"自强不息，厚德载物"、复旦大学的"博学而笃志，切问而近思"、中山大学的"博学、审问、慎思、明辨、笃行"等类似，都是从儒家典籍中寻求灵感及词句。这一立场，明显不同于燕京大学典出《圣经》的"因真理得自由以服务"，或者香港大学的"明德格物"而兼有对应的拉丁文校训。

不管典出何方、是否雅驯以及何时制定，一般大学都有公认的校训；唯独北京大学，至今仍异见纷呈，莫衷一是。校方对于北大特性的表述，明显是个大杂烩：兼有"思想自由、兼容并包"的传统，"爱国、进步、民主、科学"的精神，以及"勤奋、严谨、求实、创新"的学风。这三句话，若做知识考古学的发掘，不难发现其从属于不同的"地层"。所谓的"传统"，出自1919年蔡元培《致〈公言报〉函并答林琴南函》："对于学说，仿世界各大学通例，循'思想自由'原则，取兼容并包主义。"所谓的"精神"，则是北大百年校庆时提出的新口号；至于"学风"，乃上世纪80年代的产物，记得写在如今已拆掉的大饭厅的墙上，每天经过时，都必须面对。

在我看来，有校训，很好；没有校训，也无所谓。办学之初，必须确定校歌、校徽以及校训，这并非中国教育的传统。北大当初没这么做，现在再做，很难协调各方立场。几年前，在被问及北京大学为何没有公认的校训时，我用了隋代陆法言《切韵序》引述的一句话："我辈数人定则定矣。"过了那个权威主义的时代，不是校长拍板，也不是几个名教授说了算，而是大家凑在一起，集思广益，必定是越说越多，越说越乱，成了什么都有的大杂烩，显得特别"没文化"。不信，请看今日各大学新拟的校训，全都大同小异，缺乏文采，且毫无品位与想象力。

大学越办越多，主事者殚精竭虑，希望弄出一堆铿锵有力的四字句，从此引导大学"蒸蒸日上"，用心甚好；但校训不是符咒，没有那么大的法力，无法深刻影响乃至决定一所学校未来的走向。只是因研究者偷懒，在论述某校历史时，往往喜欢拿简明扼要的"校训"说事，故世人有此错觉，以为校训很重要。

不仅字斟句酌的"校训"作用不大，就连那些高屋建瓴的"大学精神"论述，在我看来也都颇为可疑。在此问题上我两面作战：既反对将大学办成"职业培训学校"，主张"大学以精神为最上"；又不希望各大学夸大自己的特殊性，到处宣传某某大学精神。

大学应该有"精神"，但此精神属于"共同（或相近）的思想立场、价值体系与文化资源"。如蔡元培所主张的"循思想自由原则，取兼容并包主义"，或陈寅恪所标榜的"独立之精神，自由之思想"，就不该被北大或清华独占。倘若每所大学都要另起炉灶，总结出自己独有的"精神"，然后大加宣传，自我标榜，绝不是好事情。就好像今天大吹大擂的"城市精神"一样——假如只是出于"形象设计"或"城市营销"的考虑，此情可悯；要是真相信用一句话来概括一座城市或一所大学的特色，就能凝聚共识，焕发青春活力，提升城市品位，则未免过于迷信文字的力量了。

人文学的意义

10年前，为回应北大人事制度改革方案，我撰写了《大学三问》(《书城》2003年7期)，其中第一问就是"人文有无用处"，"你问'人文有无用处'，所有的大学校长都会告诉你，有，而且很大。可我相信，几乎所有在大学工作、学习的人，都明显地感觉到最近二十年中国的人文学科（不是传统意义上的'文科'，因'社会科学'发展得很好）正迅速地边缘化。"朋友们称，你在素以"人文"及"精神"见长的北京大学工作，还有如此追问，可见问题的严重性。

今年是香港中文大学创建50周年，应邀为《中大五十年》撰文，题为《大学应以文理为中心》。文章从一个细节切入，分析各大学在推介自己形象时，到底是文学院、理学院优先，还是把商学院、工学院放在前面。"谈论大学的重心何在，首先看工作目标。若以培养人为主（知识、道德、情怀），则文理优先；若以课题经费或科技发明论英雄，则商科或工科更为长袖善舞。具体到院系排列，

到底是文学院在前，还是理学院优先，这都没关系；只是不该将
商学院或工学院置于整个大学的中心位置——除非你摆明办的就
是'财经大学'或'工业大学'。"我当然知道，院系排列只是表象，
关键是办学的理念，以及所谓的"大学精神"。即便你回避矛盾，
改成按汉字笔画、汉语拼音或按英文字母排列，这个问题也依然
存在。

　　我在许多场合提及，眼下这种只见数字不见人物、只讲市场
不谈文化、只求效益不问精神，努力将"大学"改造成"跨国企
业"的管理模式，使得原先昂首阔步走在大学方阵最前面的人文
学，如今遍体鳞伤，短期内很难恢复元气，重新振作起来。表面
上，政府的经费投入大幅增加，人文学者中也有因突然"腰缠万
贯"而趾高气扬的，但"迅速崛起"的工作目标（落实在具体的
大学，便是学科排名飙升），违背了人文学的发展规律，我很怀疑
其有效性。

　　每回进出首都国际机场，经过高速公路收费站，看到矗立在
路边的"人文高速"标语牌，就有哭笑不得的感觉。我明白，这
"科技高速"、"人文高速"、"绿色高速"是在模仿奥运会口号——
可到底是高速公路的"人文化"，还是人文的"高速公路化"？人
文学历来讲究"随风潜入夜，润物细无声"，实在难以"一日千里"
狂飙突进。对于校长书记来说，在其有限的任期内，既无法因人
文学飙升而获益，也不会因人文学陨落而受累。既然这是一个"长

线工程",那就留给后任去努力吧。

可人文学的重要性,主要不体现在学科排名,而是关系一所大学的精神气质。这就让我想起两位退休教授的"杞人之忧"。

去年 4 月,原任教于北京大学的钱理群教授在武汉大学前校长刘道玉先生召集的"《理想大学》专题研讨会"上发言,批评眼下只讲科研成果、不问教书育人的"教育":"我们的一些大学,包括北京大学,正在培养一些'精致的利己主义者',他们高智商,世俗,老到,善于表演,懂得配合,更善于利用体制达到自己的目的。这种人一旦掌握权力,比一般的贪官污吏危害更大。"

今年 3 月,前香港中文大学哲学系教授刘笑敢给我发来了征求意见稿《教资会,一叶障目向何方?》。此文猛烈抨击负责 8 所公立大学拨款的香港大学教育资助委员会(UGC)推行一系列量化管理和繁琐评鉴,"严重破坏香港大学教育的生态环境":"不错,在量化管理的潮流中,在大学国际排名中,保护和发展人文学科'无利可图',无法彰显教资会之'业绩'。但是,如果香港人要想在经济发展的同时维系一个祥和、温馨的社会,想要继续过一个有尊严、有亲情、讲道德、有公义的生活,人文关怀、人文精神就如空气和阳光一样必不可少。"

有趣的是,这两位高调质疑眼下正如日中天的量化管理模式、呼吁关注道德与人文关怀的,都是退休教授。刘教授称撰写此文是"自愿分担在职同事的压力和忧虑",言下之意,在岗诸君你们

"人在江湖，身不由己"，即便敢怒，也都不敢言。可我真心希望，不仅退休教授有此见识，也不仅是退休教授才敢如此"犯颜直谏"。

哪里的"文学院"

我当北大中文系主任时，曾应邀出席在香港中文大学举办的"第八届亚洲新人文联网会议"（2010）。会议结束前，循例需讨论下一届的主办方，很多人希望北大接手，我谢绝了。因为，到了会场我才知道，这是亚洲各国大学的文学院长联席会议。北大中文系只是一个系，不是文学院，没资格办这样的会议。人家说，没关系的，内地的文学院，不就是中文系吗？我赶紧辩称：中国大学很复杂，其内部构成没有一定之规，愿意长大的，一个系可以演变成两三个学院；固守原有格局的，则老系的规模远比新成立的学院要大。所以，不能光看名头，得看是"新学院"还是"老学系"……人家一听傻眼了，怎么这么复杂！

香港中文大学的文学院包括人类学、中国语言及文学、文化管理、文化研究、英文、艺术、历史、日本研究、语言学、音乐、哲学、宗教研究、神学、翻译等14个学系。如此建制，与西方的大学或民国年间的中国大学类似，即"文学院"统领人文方面的教学及科研机构。而当下内地的文学院，确实很多属于中文系的扩充版；即便浙江大学人文学院或吉林大学文学院这样规模较大、包含文史哲等学科的，也与香港中文大学的文学院不太一样。另外，还有不少大学的文学院或人文学院是空架子，只负责掌印与举旗，实权在下面的各个系。为什么会出现这种让外人"雾里看花"的状态，与近二十年中国大学的急剧膨胀有关。

文学院到底涵盖多少学科、以多大规模为宜，其实没有绝对指标，就看实际需要。你说国外大学如何如何，我们难道不可以有"中国特色"吗？你说知识分类怎样怎样，抵得过教育管理的方便吗？中文系是否升格为文学院，各大学情况不一，我无意指手画脚。只是几年前刚当上北大中文系主任时，被这个问题推到了风口浪尖。《中华读书报》2008 年 10 月 8 日刊发《名牌大学中文系遭遇"升格"风潮》（记者陈香），称在西安举办的第十届全国重点大学中文专业发展论坛上，"究竟是升格为文学院，还是维持历史传统的积淀，保留原来的中文系的称谓、建制不变，成为诸多名牌大学中文系系主任热议的焦点"。报道引述我的话，大意是：第一，都说要"与国际接轨"，国外大学的文学院，并非只是本国语言文学系的"升格"；第二，北大中文系创建于 1910 年，很快就要纪念建系 100 周年了，这个传统值得珍惜；第三：北大校方没有硬性规定，估计我们还能坚持下去；第四，"难道'升格'就为了好听、好看？"最后一个追问，因带有价值取向，引起同人的争议。最实在的说法是：此事无关学理，纯属资源争夺。由于别的学系都在开疆辟土、升级换代，你还固守那一亩三分地，在整个大学格局里，必定日渐边缘化。于是，你追我赶，鸟枪换炮，原先各系的系主任，摇身一变全都成了院长。学校内部不说，单是外出开会，明显风光多了。因此，同行们断言我坚持不下去，迟早会顺应历史潮流的。很高兴，我卸任时，北大中文系还是中文系。

去年5月，在《深圳特区报》为纪念创办30周年而举行的"名家论坛"上，我与前武汉大学校长刘道玉、现南方科技大学校长朱清时就"国民教育与高校改革"进行学术对话。一见面，刘先生就拉着我的手说：单凭你没有当院长，就值得致敬。尽管如此"嘉奖"不免让人尴尬，可我明白刘先生的意思，眼下中国大学的自我膨胀，除了资源争夺，背后还有"官本位"的思考。因为在公众场合，介绍嘉宾时，总是校长、副校长；院长、副院长；最后才轮到这小不点的系主任。

人才如何争夺

不久前到澳门大学演讲，听社会科学及人文学院院长谈教授招聘，大为感慨。一百五十多个应邀者前来争夺哲学系教授的位置，竞争的激烈程度可想而知；而进入最后决选的几位，听院长描述都很优秀。一个只办了三十多年的大学，能有如此号召力，当然是得益于教授待遇优厚。澳门官员一开始不理解，为何要给教授如此薪水，校长的解释是：公务员是"本地市场"，而教授则是"全球市场"——前者离开了澳门没人要，后者则"此地不留爷，自有留爷处"。

所有当校长的，大概都希望能招聘到"顶尖人才"。问题在于，你手中的筹码有多大——这筹码包括金钱，也包括制度。用什么办法延揽人才，又不引起内部的动荡，这可是一门大学问。照我冷眼旁观，在"争夺人才"这方面，香港中文大学比北京大学强很多。这里说的不是经费预算，而是制度设计。

北大教员人数多，水平参差不齐。近年校方竭尽全力，广开财源，努力提高优秀人才的待遇。如文史哲及考古各院系，有 1/3 的教授、副教授可获得北大人文特聘教授或北大人文杰出青年学者奖。这种普遍性奖励，有利于提升士气，但对于个别特异之士，却只能眼睁睁地看着他们被其他大学挖走。从国外请回来的，我们出得起高价；至于已经进入体制的，则只好请你不要攀比。为了内部的"安定团结"，各大学大都采取这种内外有别的招聘原则。其结果是，著名教授在国内各大学间大流动。如此"引进人才"，做得好，本校实力大增；做得不好，则找到了女婿，气走了儿子。

香港各大学招聘讲座教授或系主任、院长，必须登报"广而告之"，且校内校外一视同仁。我曾作为应聘者，也曾作为推荐人，对港中大招聘高级人才的过程略知一二。相对于北大，港中大最大的特点在于：第一，外部评审为主；第二，下不评上。

将初选入围者的材料寄送全世界各大学相关专业的权威人士，请他们代为鉴定。一般说来，对于如此"关系重大"的评鉴，专家们都会认真对待，给出自己的意见。遴选委员会再根据专家们的评议，做出自己的判断。这其中，会有一些现实的考量，但不会完全漠视专家的声音。尤其是当应聘者都很优秀、而专家意见又纷纭时，如何择善而从，是很大的考验。遴选委员会会倾听系内同事及学生的意见，但主要的学术判断来自外审专家。这与北京大学主要依靠本院系学术委员会的做法不同。后者的长项在于，对自家的需求知根知底；不好的地方则是，因人际关系及学术视野等，可能错过最佳人选。

至于"下不评上"，即不能让副教授来投票决定正教授的去留与升降。记得我应聘港中大的讲座教授时，遴选委员会里中文系的唯一代表，是另一位讲座教授。这样的制度安排，除了学术水平的考量，更重要的是基于人心、人性以及利益回避。过于强调学术民主，每件事都要从基层讨论起，效果并不好。有时是立场迥异，有时是一叶障目，有时是私心作祟，有时则纯粹出于妒忌……这种情况下，学校很难招到优秀学者。南方某著名大学校长告诉我，他有个小小的顾问团，面临重大的人事案，不通过院系，学校直接定。相比之下，北大的"民主作风"与"常规作业"，在抢夺人才方面，明显处于劣势。

最近的一件趣事是：北大从国外请回某著名学者，且委以重任，但人事部门要他填写带博士生的申请表，说是必须通过院系学术委员会的评审，才能生效。该学者认为是侮辱，很长时间愤愤不平。

"匿名评审"如何可能

到香港教书，才知道什么叫"会多"——中文系的会、文学院的会、大学的会，层出不穷。好在我是双聘教授，半年不在香港，学校一级的各种委员会我不参加。为了表示尊重，文学院及学校按规定不断给我寄送各种资料及文件，且再三提醒：你有知晓权与投票权。面对此"文牍主义"，说实话，我不太适应。可转念一想，作为教授，大事小事你都得参与讨论，这不就是"学术民主"吗？你不能只要"权利"不讲"义务"，也不能只管"大事"不管"小事"（因大小有时很难分辨）。讲座教授是系里各个委员会的当然委员，因此，同一件事，在不同的委员会讨论，我得听好几遍。

开始工作不久，系主任找我，说办公室反映，我研究室的垃圾桶里有好多学校发下来的文件，这些文件不能随便丢，要用专门的袋子装起来，由她们送去粉碎。我心里想，这人文学的教授，能有什么机密可言，值得如此大惊小怪？直到发生了一件事情，我才明白这"繁琐规定"蕴含的深意。

中文系某先生申请晋升正教授没通过，非常气愤，于是到处告状（甚至告到了立法会）。但没有用，学校一点不妥协，只给他看评审意见，不告诉他评审人。大概是实在憋不住了，某先生先送我一堆材料，再跑来当面责问：是不是你评的，为什么给我那么低的分数。此君教学认真，成果也不少，可惜著述略嫌芜杂，我一看材料就明白他为什么没过。帮着分析了"症结所在"，然后提醒他：学校不允许四处打听评审人。

事后想想，这事在北大不会发生。因为我们的"匿名评审"基本失效。不管是院系学术委员会讨论，还是学校领导会议，全都是"没有不透风的墙"。当事人很容易了解到，谁在会上说他的坏话。曾为外校审查博士生导师资格，因持否定意见，大大得罪了对方。至于教育部邀请做重大项目或学术奖励的评委，通知还没到，当事人已经找上门来，拜托你"高抬贵手"了。我发现，在中国这样的人情社会里，任何匿名评审，最后都变成了走过场。

香港中文大学教员晋升职称的评审材料，不请本地学者看，全部外送，偶尔会请内地或台湾的学者，但主要是欧美或日本学界。而且，整个操作由学校负责，院系只提参考意见。这当然也会有问题，如果专业很偏，可请的外国学者很少，评审意见不一定准确。但大部分情况下，倘若申请人水平够，还是能得到公正评价的。至于系主任因个人好恶，在程序设计上给你使绊子，不是完全没可能，但比起内地的大学，港校的人事关系还是简单得多。这与决定你"生死存亡"的学术评鉴，是送到外地的学术机构及个人来完成，有很大关系。

香港及台湾的大学，在评鉴教授、晋升职称方面，追随欧美学界，只问合不合格，没有名额的限制。而内地大学的晋升职称，全都采用名额制——由学校人事部（处）下达指标，院系评审为主，外审只是走走形式。送上来的，偶尔也会被卡；但闯不过院系这一关的，绝对没有希望。这你就能理解，为什么对于中国大学的教员来说，维持良好的人际关系格外重要。我在《"另一种大学"的启示》（《明报月刊》2013 年 5 月号）中，谈及此名额制的弊端，但承认北大若想改革，必须满足以下三个前提："第一，确实希望提拔优秀人才，而不是走过场；第二，相信学界的公信力；第三，建立很好的保密制度。"

改革的代价

两年前，在为香港中文大学中文系做学术评鉴时，某国际著名学者称：相对于北大中文系的教授全是本校毕业生，香港中文大学的状态更为合理，教授们来自四面八方，毕业于世界上各著名大学。我在发言中略作辩解，称10年前北大就不留自己的应届毕业生了。在场诸君听了很惊讶，说外界都风传，北大人眼睛长在头顶，除了若干美国名校，不要外校的毕业生。

10年前，北大有一场人事制度改革的论争，因校方的操作方式及语言表达不太妥当，引起教师们的激烈反弹，导致此原本立意甚佳的改革举步维艰。最后真正落实的，大概就剩下《北京大学教师聘任和职务晋升规定》中的这一条："为了从根本上改善学缘结构，原则上不从本院系单一学缘的应届毕业生中直接招聘教师。"所有的制度设计都有缺陷，但相比此前"直接留校"的做法，我认为这一硬性规定有其合理性。这其实是国际上很多著名大学的共同做法，并非我们的独创。这些年，不断有教授要求突破这一规定，但校方及各院系领导还是顶住了。

做行政的人都明白，一旦回到"直接留校"，那就不是"拼爹"就是"拼导师"了。有了这条硬性规定，起码我们不再为今年到底该留哪个老师的学生而争吵。所有在北大中文系获得博士学位的学子，都得出去闯荡江湖（或就职，或做博士后），表现出色的，两年后方可申请我们的教职。

可这又出现了新的问题：你卡住了本校毕业生，外校的申请者呢？之所以外校应届毕业生来北大求职鲜有成功，不是因为我们排外，而是评价尺度变了。以北大中文系为例，我们的学制是硕士三年，博士四年，若到国外著名大学访学一年，回来还得延长学习年限。好不容易拿到了博士学位，两年后才能回来申请本系教职。若从大学毕业算起，北大学生要经过9年—10年的奋斗，才有可能前来竞争北大中文系的教职。而国内很多大学（包括香港各大学）的学制是二加三，也就是只需5年的跋涉，获得了博士学位，就可以向北大申请教职了。

即便是同样资质，5年与9年—10年，这巨大的时间差，注定了各自的业绩不太可能"等量齐观"。因此，常有在香港中文大学读书的研究生问我，将来毕业后能不能到北大教书，我说很难——除非你智力超群，且表现特别出色。原因不太复杂，关键就在于两边学制的差异。那美国的呢？你们中文系近年不是录用了好几名欧美名校应届毕业的博士吗，为何厚此薄彼？其实，看学历你就明白，在欧美名校念人文学方面的博士，也都是需要熬年头的，很难速成。

这就说到自然科学与人文学成才之路的巨大差异。前者注重灵感与才华，后者更强调积累与熏陶，所谓28岁的正教授或22岁的"正教授级研究员"，这在人文学领域是不能想象的。同样道理，在欧美名校拿博士学位，理科明显也比文科快。问题在于，为了便于管理，目前国内（包括香港）各大学的博士培养，都倾向于文理同步，加快速度，早出人才。

北大也想追赶潮流，但走得比较慢，因内部意见不统一。很多老教授认定，人文学的博士就该沉潜学问，不应搞急就章。只是"慢工出细活"的博士培养方式，能否抵挡得住"多快好省"的扩招大潮，实在没把握。因为，等你把刀磨好了，很可能树已被砍光，英雄无用武之地，怎么办？

招聘的难度

在"大学小言"第十则"人才如何争夺"中,我说了一句很让人丧气的话:"照我冷眼旁观,在'争夺人才'这方面,香港中文大学比北京大学强很多。这里说的不是经费预算,而是制度设计。"那说的是"顶尖人才"的抢夺。至于助理教授(讲师)、副教授这一级,问题其实更严重。某青年才俊若同时被北大和港中大录用,十有八九是选择后者。因为,"顶尖人才"还可以特事特办,各大学如果瞄准了,会使出浑身解数来解决的。但如果是一般性招聘,没有任何"优惠政策",北大的吸引力明显不够——如果当事人有可能在美国或香港的名校获得教职的话。对于如此局面,我当然不服气,不断跟人家解释北大的"十大好处"。可人家的回应也有道理:我们得生活,不仅单看"虚名",还得讲"实利"。

依我观察,对于北大之招聘教师,社会上有三重误解:第一,内部分配;第二,门槛太高;第三,条件很差。有此三弊,导致很多原本有条件参与竞争的青年才俊,或不敢来、或不愿意来应聘。

别的院系我不清楚，若以中文系为例，同样招一名助理教授（讲师），香港中文大学收到的申请资料远比北大多。这是让我百思不得其解的。

申请人多，不见得就一定能招到你想要的人才；但申请人太少，选择空间必定大受限制。当系主任那几年，我一直在反省这个问题，并寻求解决之道。让大家明白，我们不是"内定"的，是真的"求才若渴"；此外，还缺两个附加条件：第一，让尽可能多的人知道我们的招聘意图；第二，让大家知道我们的职位是有吸引力的。

因为是常规招聘，发布信息的权力属于大学人事部而不是各院系，有心人必须熟门熟路，才能在北大网上找到那个位置，知晓今年北大教员的招聘情况。这种很不充分的"广而告之"，导致信息传播的面有限。跑来敲门的，或者是有人私下通知，或者是他无意撞开——总之，未见"热火朝天"的应聘场面。招的人很少，若是"海选"，反而麻烦多多。或许正是此思路，导致北大不太愿意"大张旗鼓"地选人。可这样一来，无论招聘单位还是求职者，很容易错失良机。

我曾致力于改变此局面，除了在北大中文系网页上"飘红出彩"，让有心人一眼就能看见，还计划主动出击，在美国相关网站上刊载招聘信息。可这后一步，还没迈开，就被绊倒在第一个门槛上——对方称，你必须说明此职位的年薪。比起哈佛大学或香港中文大学，北大教授的收入不高，这谁都知道；问题在于，这差别到底有多大，谁也说不清。而这，和我们的薪金制度有关系。

经常有人问我，北大教授月薪多少，我说不知道。不是有意隐瞒，实在是说不清楚。凡在内地大学教书的，大概都有这种体会：基本薪水很低，主要靠各种津贴和奖励。这种特殊的薪金结构，导致了我们收入的不确定，说变就变了。这与香港中文大学把月薪多少明明白白写在合约里，而后一分钱也不给你加，形成了鲜明的对照。

有位从美国回来的同事告诉我，到北大工作一段时间后才发现，生活上还过得去，没像他原先想象的那么艰难。我明白他的意思，可招聘的时候，这话该怎么跟人家说呢？

开会与吃饭

　　虽说"革命不是请客吃饭",但"革命者"必须"吃饭",这点谁也不否认。组织过国际学术会议的人都明白,同一张嘴,既要说话,也须饮食,不能顾此失彼。如何让诸多远方来的客人"感觉良好",而又没违规使用经费,这已经成为一门学问。相对来说,国外大学管得严,锱铢必较,一般不敢乱花钱。国内大学也有财经纪律,但因中国人讲面子,加上近年经费猛增,开起同一级别的国际会议来,普遍比欧美大学气派。香港的呢?那可是"别有一番滋味在心头"。

　　2009年4月,我在北大主持"五四与中国现当代文学"国际学术研讨会;第二年12月,又在香港召开"香港:都市想象与文化记忆"国际学术研讨会。这两次会议,都因牵涉吃饭问题,让我对不同的管理体制有深刻的体会。

　　北京会议学术上很成功,代表们都叫好。可会议结束后,两位日本教授尾崎先生和山口先生专门找我谈话,对会议的"铺张浪费"提出严厉批评。因为是老朋友，话说得很重：你们中国人刚刚"小康"，就开始摆架子，这还了得！事情是这样的：我按照会议代表的数量订晚餐，而将近1/5的代表因朋友约请不辞而别，于是有两桌饭菜根本就没人吃。因为是事先预定的，餐馆不愿意退，明知没人吃，菜照样上，故显得特别刺眼。这两位日本朋友都是改革开放初期来中国留学的，看过我们当初穷困潦倒的样子，既对这30年的巨大变化深感欣慰，又对中国人的"未富先奢"很不以为然。我真心诚意地接受批评，而且保证：以后凡是我在北大组织的学术会议，中午吃快餐，晚餐登记人数。不管别人怎么看，这么做，我自己心安。

香港会议由我和陈国球、王德威共同组织，具体出钱的是香港中文大学和香港教育学院。按照规定，每项支出都要事先申请，否则事后不予报销。开会前一周，学校突然通知，有一顿晚餐不该吃，因为，会议是第二天早上才召开。代表们从世界各地赶来，人生地不熟的，因为会议还没正式开始，就要他们自己解决吃饭问题，这也太不讲人情了。中文系秘书向学校转达了我的"陈情"，得到的答复是：你可以自己宴请。作为会议组织者，既不能违反规定，又不能伤害朋友，我真的自掏腰包请外来的代表吃饭。

这还没完，秘书告知，这回的经费来自大学预算，不是我们自己募捐来的，得受各种财经纪律的约束。会期三天，在两所大学的不同餐厅轮流用餐，而且吃饭时不能饮酒。因为，酒不是生活必需品，你是来开会，不是来度假的。我这才想起来，在欧洲开会，常见会议组织者拿出一瓶葡萄酒，说我请大家喝酒。当时觉得奇怪，还以为这酒很特别，才值得如此夸耀。原来人家有此细致规定——不只控制经费，连怎么吃喝都管。既然如此，我也不妨东施效颦，让人到外面买酒，带到学校的餐厅来，与朋友们一起庆贺会议"圆满成功"。

大凡跟外国教授接触多的，都有这么个体会：你招待人家十分丰盛，人家招待你则颇为简单。开始不习惯，很快就明白了：你请人家，用的是公款；人家请你，则须自掏腰包。国内大学普遍采取薪金较低而报销方便的制度，大学里的各级领导，只要不贪污，怎么请客吃饭都没有问题。而这必定助长浮夸、奢靡、浪费之风。香港各大学严格管控接待费用，但给你的薪水高，你可以自己请客，爱怎么花就怎么花——在我看来，后者更合理，也更有效。

超稳定的职业

毕业多年，老同学见面，仍在原单位工作的，不是公务员，就是大学教师。仔细想想，此偶合大有深意。最近30年，中国社会风云激荡，社会流动性明显加大——投身此改革大潮，直面自身的欲望与激情、外在的机遇与陷阱，是需要胆识以及拼搏精神的。而公务员和大学教师这两个职业，受社会转型的触动较小，说好听是"发展空间大"，说不好听则是"流动性弱"。

表面上看，经由一系列改革，中国已不存在什么"铁饭碗"了。可实际上，一旦进入公务员队伍，只要没有大的过失，总能往上走，差别仅在于步伐的大与小。从科员到省部级领导，台阶很多，确实值得做一辈子。大学呢？以助教（或讲师）为起点，一直跑到院士或一级教授，也有漫长的路要走。如此一来，很多人坚信——"坚持就是胜利"。

所谓"人才流动"，本该是既能上，也能下；否则，那叫"晋升"不叫"流动"。可当下中国官场以及大学，往上流动可以，往下流动则做不到。这些年，各大学都在挖空心思"抢人才"，但几乎没有一家致力于"精兵简政"，解聘本校不合格教师的。作为一校之长，你能做的，无非就是募集经费以及制定各种规格来"奖勤罚懒"；可要是人家不吃这一套，既不受表彰或奖金的诱惑，也不受批评或恐吓的刺激，心安理得地"稳坐钓鱼台"，你是拿他没办法的。这也是作为职业的大学教师，为何属于"超稳定结构"的一个重要原因。

这里有评价标准的问题，大学教师是否称职，确实不像工厂产品那么一目了然；也有教学与科研之间的张力，很少发表学术论文的老师，不一定就不合格，或许他讲课效果很好，教书很认真；还必须考虑人际关系，如果他在本单位人缘极好，当领导的你忍心处罚他，让他"流离失所"？即便他什么都不做，也做不好，那也属于"历史遗留问题"，只要他本人愿意"坚守阵地"，校长几乎没有能力将其"请出去"。

我曾公开说过，香港、台湾、大陆（内地）三地高校，若谈大学教师的平均水准，大陆（内地）最低。我们不是没有很好的教授，而是没有合适的机制，来抵御或清除不合格的教师。即便落实在北大与港中大，这个说法也成立。

香港各大学模仿美国制度，若教授申请终身教职不通过，是要走人的。而在内地高校，一说到这个问题，马上联想到"仗势欺人"、"恃强凌弱"、"冷血动物"等一系列负面词汇，校长们才不愿意惹火上身呢。我见识过这样的场景：某校学术委员会认定某教师不合格，请他另谋职业；此君每天准时到校长家门口恭候，以便及时"汇报情况"。校长于是通知院系，要注意工作方式，别把人逼疯了。经此一役，所有"严格评审"的大话全都化为乌有。香港教授听说了此事，问我："为什么不叫警察？"在他们看来，这事本来很简单，大学有权力解聘不合格的教师，若对方行为带有威胁性质，则应该由警察来处理。可是，在当下中国，有哪个校长愿意背起如此"恶名"？

怎么办呢？为了解聘三五个不合格的教师，弄得全校不得安宁，甚至让校长书记整天提心吊胆，还不如维持现状。于是，各校的改革方案大都是将鞭子高高举起，然后轻轻放下。说是为了减少改革阻力，本校"只做加法，不做减法"。具体措施是：从现在起，进人时严格把关；等20年后，那些不合格的教师到站并自动退休，这大学不就好了吗？

大学里教师编制本就有限，既然无法辞退不合格的，那就调整策略，给入职不久的年轻教师加大压力，提出许多在我看来不切实际的"高标准严要求"。如此"欺软怕硬"，对于大学管理来说，真不知是祸还是福。

校长的阅读

在香港教书，出席各种学术活动，不时有校长说读过我的书，且真能聊上几句。同事据此判断我很有"影响力"，其实没那回事。只不过几年前香港三联书店刊行我的《历史、传说与精神——中国大学百年》时，总编出于个人爱好，给全港8所公立大学的校长都寄赠了新书。记得陈君的原话是：校长们都是大专家，但没有学人文的，得给他们补补课。幸亏此话不是我讲的，要不显得太狂妄。

不过，无论香港还是内地，确有不少大学校长或书记读过我关于大学方面的书籍，有的还在演讲或著述中引用。说我一点都不在意，那是假的；但我明白其中的"奥秘"——不是因为我的论述特别深刻，而是我的书简单明快，"好读"。那些教育学专家深入钻研的"教育经济学"或"课程教学法"，不在校长视野之内；至于大学的日常运作，校长们早就了然于心。唯一欠缺的，或许正是人文学者所擅长谈论的关于大学的"历史、传说与精神"。

　　说实话，谈论具体的行政管理，身经百战的校长们，比我这纯粹的书生高明多了。3 年前，我在中央党校组织的大学校长学习班上演讲，被某位熟悉的校长将了一军：你说得很对，也很好，可惜你没当过校长。我明白他的意思，没当过校长，对中国大学的全局性困境了解不够，容易纸上谈兵，有理想，但缺乏操作性。很多制度性缺失，你不身在其中，是很难体会到的。举个例子，2007 年我发表过一篇颇有争议的文章——《我为什么反对一流学者当校长》，谈及大学校长的主要任务是当伯乐，而不是自己争着去做千里马。"既当校长，又抢课题，还带了不少研究生，这种'革命生产两不误'的做法，我颇为怀疑。不是你当校长不够尽心，就是你的研究只是挂名——谁都明白，做好这两件事，都必须全身心投入，你一天又不可能变出 48 小时。与目前的流行思路相反，我以为，国家根本就不该给大学校长重大科研项目。"事后，某"985大学"常务副校长私下告诉我：校长们之所以分心去做课题，除了自家的学术兴趣，还有一点，不做课题，校长的收入比一般教授都低。我当即哑口无言。怎么会是这个样子呢？这是整个体制的问题，单靠个人的道德修养解决不了。这几年好多了，好几位名校的校长上任之初就公开表态：不做课题，不带研究生，不参加评奖，一心一意做行政管理。这就对了，把校长当做一个"事业"来认真经营，才可能把大学管好——当然，这并非我的批评起了作用。

如何理解大学的功能、职责及发展方向，校长有校长的视野，教授有教授的立场。我深知自己的"书生之见"，既无法获奖，也缺乏操作性，更不可能为学校带来大笔捐赠，唯一的作用是提供另一种思考的方向，作为校长视角的补充。

不妨说件得意的事——2009 年 9 月 7 日，复旦大学杨玉良校长访问香港中文大学，发表题为《大学的人文精神与通识教育》的专题演讲。演讲中，杨校长旁征博引，如 1818 年黑格尔就任柏林大学教授时专论日耳曼民族"精神上的深刻要求荒疏已久"、1956 年 C.P. 斯诺关于"两种文化"的演说，还有德国哲学家雅斯贝尔斯谈大学是学术勃发的场所，也是教育新人成长的场所；英国哲学家罗素称大学要培育学生独立思考的习惯，以及不带成见或偏见的探索精神。接下来是哈佛大学文理学院前院长罗索夫斯基关于"哈佛不同专业的本科生之间的交谈，必须高于闲聊的层次"，以及北京大学中文系陈平原教授称中国要办世界一流大学，绝对不应是欧美大学制度的凯旋等。杨校长并不认识我，更不知道我就在现场；这篇日后公开发表的稿子，明显是事先认真准备的。就在这次演讲会上，杨校长回答听众提问，称自己不怎么读教育学院教授的著作，而更愿意看人文学者写的关于大学的书。

我在北大出版社聊天，提及香港三联书店赠书，以及杨校长夸奖人文学者谈大学，总编当即说，他们也把"陈平原大学三书"送给了北大校长及书记；只是北大的副校长、副书记加上校长助

理等，人数有点多，正在犹豫。至于内地各大学，那更是送不起
了——据 2009 年的统计数字，内地共有大学 1867 所，其中本科
720 所，专科 1147 所。

嘉宾之介绍

应邀出席香港中文大学组织的国际会议并做主旨演说，开幕式上，校长开口就是"尊敬的陈平原教授"，让我大吃一惊。因为，台下明明坐着好几位副校长、院长以及远比我资深的学界名家，怎么能绕过他们而专门向我致意呢？观察周围听众的表情，我马上明白，敢情这里的规矩是：今天是谁的场子，就给谁鼓掌，就向谁致敬。事后打听，果然不出我所料：这里的大学同样看重官阶，只是有个规矩，你职务再高、名声再大，今天不是你主演，就没必要专门介绍了。

之所以对此深有感触，是因为在内地官场，如何介绍嘉宾，绝对是一门学问；倘若排错了座次，那是要打屁股的。大学原本比较随意，可这些年努力向官场看齐，介绍嘉宾时也都"字斟句酌"起来——谁排前，谁靠后，谁隐姓埋名，成了会议主办者需要特别用心的地方。

据说大的原则是：先实职，后虚衔，再退休，以官阶大小为序。

此外，还有一个不成文的规矩，那就是上级部门优先。前年 5 月参加山东大学组织的"回顾与展望：中国人文研究再出发"人文高端论坛，主持人第一个介绍的是教育部社科司出版处处长，而后才是山大校长、山东省教育厅厅长等。看我大惑不解，知情人称，人家虽只是个处长，可一开口就代表了教育部。我问：要是来了个全国人大或国务院的科长呢，也必须奉若上宾？记得 20 年前，我参加河南大学组织的"19—20 世纪中国文学思潮"讨论会，年纪轻轻的教育部某处长端坐中间，而会议发起人、83 岁高龄的任访秋教授则坐在长长的主席台的最边角上。那时我年轻气盛，跑去责问主办方，得到的答复让人啼笑皆非：任先生虽曾任河南省第五六届政协副主席，但现在已经退下来了。事后我问那位处长：你坐在中间感觉如何？人家很尴尬，说是河南大学的安排，不容他推托。20 年过去了，真没想到，中国大学还是这个样子。

我当然明白权力的重要性，可你越有权力，越得学会谦卑，把姿态摆得很低很低，无法"尊老敬贤"，起码也得做个样子。如今可好了，当领导的，"里子"要，"面子"也要，连客气话都免了。世风如此，大势所趋，谁也不比谁"清高"。再说，有权不用，过期作废，今天不上台招摇，说不定明天就没有这个机会了。

官场我不懂，连大学也变得如此势利，让人看着痛心。即便你只是行礼如仪，心里其实"明镜高悬"，但这毕恭毕敬的姿态，也绝对会产生不良的引导作用。这就难怪，当下内地的大学生，普遍将考公务员作为第一选择。

这些年不断有人谈论高校如何"去行政化",那是一个只可意会难以言传的模糊概念,主要针对的是官场习气之浸染大学校园。不说虚无缥缈、遥不可及的"大学精神",就说大学校园里如何养成尊重知识、尊重学问、尊重人才的风气,不妨就从一件小事做起——开会时没必要念那么多领导的名字,从书记、校长,到常务副书记、常务副校长,再到副书记、副校长,最后还有校长助理等。不仅如此,连院系开会也都上行下效,介绍嘉宾时先看人家的级别。说实话,每当这个时候,我总觉得有一种被羞辱的感觉。

2010年10月,北京大学中文系举行百年庆典,很多老系友回来参加活动,这种场合,你怎么介绍都有问题。我想起了香港中文大学的经验,灵机一动,决定会场不设主席台,不管你官大官小、钱多钱少,都在观众席就座,轮到谁发言,谁上去领受满场掌声。此举得到不少系友的赞赏,至于领导,似乎也没有怎么不高兴,起码至今没人给我小鞋穿。

大学如何排座次

上月中旬，英国知名高等教育研究机构"QS"发布亚洲大学排行榜，进入前50名的院校中，香港占6席：香港科技大学（1）、香港大学（3）、香港中文大学（5）、香港城市大学（12）、香港理工大学（26）、香港浸会大学（48）。而今年四月《泰晤士高等教育》发布的亚洲大学百强名单中，不仅香港大学（3）、香港科技大学（9）、香港中文大学（12）排名靠前，就连香港城市大学（19）、香港理工大学（33）、香港浸会大学（50）也都处在腾飞状态，让内地诸多名校的教授及校长们"瞠目结舌"。

如此大学排名，确实"仅供参考"，不太具有实质性意义。但它让香港那些"教学型大学"的校长们大大地出了一口气，且更加"志存高远"。为什么这么说？因为，按照香港政府原先的设计，香港大学、香港中文大学和香港科技大学属于研究型大学，有实力出去参与国际竞争；其余5所教学型大学，并不承担如此重任。没想到后者经过一番打拼，其国际排名竟然如此大幅度提升，甚至把内地很多名校都甩到了后面。我当然不相信香港城市大学（19）比复旦大学（24）和中国科学技术大学（25）还好，也不相信香港理工大学（33）的学术实力在南京大学（35）、上海交通大学（40）和浙江大学（45）之上；但我必须承认，香港各大学的骄人业绩出人意料，且可喜可贺。

相比之下，内地的大学等级更为森严，所谓"985"、"211"，这些数字对于在大学工作的人来说特别敏感，因其牵涉大学的声誉、办学的经费以及学生出路等。以前只是国内的大学看重此名单，现在不仅香港、台湾，连欧美及日本各国大学也都将其作为重要的参考依据。这种"画地为牢"，对于那些原本也很不错，但因各种原因没能进入"985"（39所）或"211"（112所）的大学来说，是很不公平的。

我曾在不少场合提及，当初教育部确定"985"、"211"大学时，明显注重应用性学科，而相对忽略更为基础的文理。那是因为，强调看得见摸得着的业绩，以能否带动经济增长为重要指标，工科于是成了首选。看中国大学"精英中的精英"、首批进入"985"工程的9所大学（2+7），其中只有北京大学、复旦大学、南京大学是真正意义上的综合性大学；中国科技大学、上海交通大学、西安交通大学、哈尔滨工业大学固然是工科大学，清华大学和浙江大学很长时间也是以工科为主，上世纪80年代后才逐渐恢复文科——恕我直言，时至今日，这两所名校的大思路依旧是工科优先。

当初教育部规定，各省起码建一所"211大学"，河南给了郑州大学（而不是河南大学），河北给了河北工业大学（而不是河北大学），山西给了太原理工大学（而不是山西大学），这都是文理靠后、工科优先思路的体现。在我看来，这思路是有问题的。当初蔡元培执掌北京大学，说我们实在没钱了，可以放弃工科及法科，全力以赴办好文理两个学院。而目前中国教育的大趋势恰好相反：尊重科研经费多、能申请专利、可转化成产业的院系，因此，大学不再以文理为中心。

有了"985"、"211"经费支持，大学明显两极分化，入围的如虎添翼，落选的举步维艰。对于整个中国的高等教育来说，这个状态并不理想。我也知道很多工科大学正努力转型，且取得了很好的业绩；问题在于，那些原本基础不错且历史悠久的综合性大学（如上面提及的河南大学、山西大学、河北大学等），为什么不能得到更多的扶持呢？让教育部取消"985"或"211"不太现实，唯一的办法是，经过严格评审，逐渐增加"211"高校的数量，让那些奋发图强者看到"咸鱼翻身"的希望，并获得积极工作的动力。

"逸事"之可爱与可信

　　上学期在香港中文大学讲授专题课"中国大学与中国文学"，有香港学生问我：为什么北京大学盛产"逸事"，而香港中文大学则很少？这是个有趣的观察，值得认真辨析。

　　首先，北大比港中大年长，前者已有 115 年历史，后者今年刚办五十大庆。不说别的，就照比例，北大的逸事也会比港中大多。可这个说法实在牵强，凭常识我们都明白，不是年岁越大越有趣。比如天津大学的前身是创办于 1895 年的北洋大学堂，但天大流传的逸事就没有北大多。

　　更应该关注的是，北大作为中国第一所国立大学那与生俱来的"家国情怀"。若想用一句话来概括这所大学的精神气质，很可能李大钊书写的"铁肩担道义，妙手著文章"最为合适。无论哪个时代，也不管是正是邪，关心国家大事，始终是这所大学的最大特点。单纯的课堂、操场或实验室，不够他们一展身手、驰骋想象，于是有了诸多虚虚实实、口耳相传的"好玩的故事"。

第三点，必须说说北大人普遍具有的浪漫气质与文人趣味，这是校园里众多逸事之得以广泛传播的关键。在《北大旧事》（三联书店，1998）的序言中，我提及："夸张一点说，正是在这些广泛流传而又无法实证的逸事中，蕴涵着老北大的'真精神'。很可能经不起考据学家的再三推敲，但既然活在一代代北大人口中，又何必追求进入'正史'？即便说者无心，传者也会有意。能在校园里扎根并生长的轶事，必定体现了北大人的价值倾向与精神追求。"换句话说，别的大学也可能有类似的人物与故事，但不见得"传之久远"且"发扬光大"。

在香港教书这么些年，不时被问及港中大与北大的差异。这里暂不褒贬抑扬，只说一点中性的意见：港中大的学生比北大学生"朴实"，港中大的教授比北大教授"专业"。而这跟两校的历史传统、生存空间、自我期待有很大关系。毫无疑问，这一"差异"直接导致了各自对于"传说"的选择以及与对于"历史"的建构。

同样是追溯往事，怀念师长，对比《精神的魅力》（北京大学出版社，1988）、《北大旧事》（三联书店，1998）、《北大往事》（中国文学出版社，1998）与港中大的《诚明古道照颜色——新亚书院55周年纪念文集》（香港中文大学新亚书院，2006），不说"天差地别"，起码也是相去甚远。前者充溢着激情与诗意，后者则更多史实的考辨与理性的思考。在港中大现有的9个成员书院中，新亚是性格最为鲜明且最有文人气的；新亚尚且如何，其他书院可想而知。

北大盛产"逸事",这里关涉大学本身的气质,也有学者的推波助澜。从"故事"入手来谈论"大学",既怀想先贤,又充满生活情趣,符合大众的阅读口味,容易成为出版时尚。可这么一来,也会出现新的偏差。当初编《北大旧事》,我在"导言"中提醒:"逸事"虽则好玩,但不可太当真;必须与档案、报刊、日记、回忆录等相参照,经过一番认真的考辨与阐释,方才值得信赖。而且,即便是真的,也不见得都值得推崇。比如钱玄同不改作业,抓一把卷子丢出去,哪个飞得远,哪个分数高;或者黄侃课堂上留一手,关键的学问,必须是课后叩头交钱才肯传授。最近这些年,关于晚清或民国文人学者的逸事广为流播,效果有好也有坏。这里不做道德训诫,只想指出一点:品读"逸事",必须有"正史"作为补充与对照,才能建立大思路,否则容易读歪。

读者及出版界关注"晚清文化"及"民国大学",这当然很好,但不能脱离历史语境,更不能无限制地引申发挥。近日读《北大新语——百年北大的经典话语》(严敏杰、杨虎编著,中国广播电视出版社,2007),其《后记》称:"本书体例仿《世说新语》而作,共分 23 大类,将百年北大人的精彩'话语'汇集成书,让读者在细微之处体悟北大百余年来的历史发展轨迹、文化气象以及精神魅力。力求不着一字评述,却可尽览北大风流。一言以蔽之,就是想用我们有限的能力为百年北大编撰一部《世说新语》。"(252

页）我稍微翻阅，发现此中北大人的"新语"，凡摘自作者原著的多可信，凡属于轶事转述的，则大都夸张变形。

"逸事"不同于"史实"，"变形"方才显得"可爱"。这就回到那个古老的话题："可爱"的不可信，"可信"的不可爱，怎么办？

"天才"能否"豪赌"

教育部有个代号"珠峰计划"的"基础学科拔尖学生培养试验计划",已在北大、清华等国内11所名校"悄然启动"好几年了,据说,"这项由中央专项拨款提供资金支持的人才计划旨在培养创新型的领军人物"。此项计划主要针对本科生,首先从数学、物理、化学等基础学科开始试验,北大将其扩展到"古典学",故中文系也有份。有钱是好事,可给谁不给谁,对于主事者来说,绝对是个难题。因为,本科生再优秀,也属于"小荷才露尖尖角",还没到众人一致叫好的地步。

至于北大研究生可申请的奖励,包括教育部的"学术新人奖"、北大的"校长奖学金"以及研究生院筹款设立的"才斋奖学金"等。"学术新人奖"针对就读多年的博士生,说好主要看研究成果,这比较容易操作。"校长奖学金"颁给刚入学的研究生,中文系每年选拔两名,各奖励5万元人民币。刚入学的硕士生或博士生,学术成果有限,只能看原先的考试成绩;可不同学校、不同学科评分标准不一样,怎么办? 协商的结果是,在现有各学科之间轮流转,且看的是就读北大时的总成绩。明知这样做不合理,可找不到更好的办法。

北大评"才斋奖学金"时,香港中文大学恰好也在给研究生评奖。北大中文系有三个名额,奖金分别为 4 万、5 万、6 万;港中大中文系也是三个名额,奖金分别是 2000、5000、9000。当时我特别感慨,我们的奖励怎么变得如此"沉甸甸的",大概是真的相信"重奖之下出人才"吧? 多次建议学校减少奖金的数目,增加获奖人数,均被拒绝了。说是必须如此"重奖",效果才能出得来。

有高瞻远瞩者提醒我,一所大学的名声,得益于百分之一、千分之一乃至万分之一的优秀毕业生,故不必太在意学校整体水平高低,关键是要找到最有可能给学校带来荣誉的"天才",给予特殊照顾,让其尽情挥洒才华,尽快脱颖而出。为母校争光的任务,就落在他们身上。想想也是,每回校庆活动,校方着力介绍的,不就是那十几个或几十个"著名校友"吗? 宁愿重奖百分之一的优秀学生,而不希望普遍提高研究生的奖学金,这背后的思路是在"豪赌天才"。

如此奖励人才的思路,让我联想到"举国办奥运"的体制。眼看中国大学整体水平一年半载上不去,于是寄希望于个别天才"横空出世"。因此,拿着放大镜,到处寻觅好苗子,恨不得今天才发现,明天就长成参天大树。在我看来,这种功利色彩很明显的奖励，既背离了"有教无类"的教育宗旨，也对大学整体的学术风气没有正面意义。

将主要心思放在寻找天才，通过给予特殊待遇，促使其早日"为国争光"，这一教育决策，我以为不太靠谱。第一，你我身边有没有天才，一下子说不清楚；第二，真有天才，被你这么一关心，盖起温室来刻意保护，反而成不了气候；第三，田径场上的经验是，名手对决最能出成绩，关起门来"强化训练"效果不好；第四，孟子说的"故天将降大任于斯人也，必先苦其心志"云云，并非没有道理；第五，历史经验告诉我们，天才有时成批涌现，有时一个都没有。没有天才的时代，实在很寂寞；可即便如此，我们还得继续前行。

当校长或老师的，万一有幸遇见了"天才"，该怎么办？我的想法是，深度关切，但任其自由发展，必要时伸手扶一下，这样就行了。你自己都不是天才，按你的思路来"倾力相助"，有时适得其反。更忌惮的是，敲锣打鼓，到处宣传：我发现了天才，我给他特殊待遇，我是伯乐……之所以说这些，是有感于近年各大学争抢好学生，竞争太激烈，出手太阔绰，操作太粗糙，再加上媒体的推波助澜，长远看，效果并不好。

"天才"能否找到尚不得而知，此举伤了其他同学的心，尤其不值得。我15岁下乡插队，承蒙父老乡亲照顾，当了多年"孩子王"。我深知，不管哪个阶段的学生，都很敏感，一旦感觉到老师对他们失去信心，很容易自暴自弃，再也出不了好成绩。大学情况也差不多,学生们的"精神状态"好不好（学业好坏是另一回事，因其受制于学校的整体水平以及学生本人的才华及志向），跟教授们是否"在意"他们是有密切关系的。

　　如此说来，在"奖励人才"与"关爱学生"之间，如何保持一种必要的张力，是每个搞教育的人都必须格外留意的。

过多奖励也是一种"折腾"

　　好多年前我写过文章，称学问是"做"出来的，不是"评"出来的(参见《学问不是评出来的》，《人民日报》2007年7月6日)。在我看来，做学问不该是对抗赛，而更接近于表演赛。若是前者，百八十人对决，矮个子里总能拔出高个子来；若是后者，则要求每个人尽情发挥，最大限度地展现自己的才华。很可惜，目前中国各大学的评职称及评奖均采取前一种策略——即便评选过程"公开"且"公正"，也都不能保证获奖者真的成绩优异。

　　竞争确实可以激发斗志，短期内战果辉煌；但今天中国学界之"过度竞争"，长远看，对学术发展其实不太有利。最明显的一点是，大家都变得斤斤计较，患得患失，缺乏大志向、大视野、大计划。在高校工作的人都明白，奖项、职称、课题、职务，这四大"上升要素"捆绑在一起，一荣俱荣，一损俱损，不仅紧密互动，且往往是"过了这个村，就没那个店"。对于思维最为活跃、最有创造力的年轻学者来说，因尚未站稳脚跟，生怕"大意失荆州"，故轻易不敢冒险。为此，尽快出成果，争取大大小小的获奖机会，变得十分现实。

记得上世纪90年代，北大中文系内部达成默契，学术水平高的名教授，不申报北大或北京市的奖励，直接报国家级奖项。腾出空间来，让年轻教师有获奖的机会。现在不行了，因奖励的力度越来越大，当事人不见得愿意礼让；更何况校方要求从起步处开始竞争，获学校奖的，方才能申报北京市乃至全国的奖项。这样一来，赢者通吃，弱者则只能永远当分母。这里的强弱，很大程度由学术地位决定，而不一定是学术水平。因正式外送参加北京市或教育部评审的名额有限，学校出于保险系数的考量，更愿意选送名教授的作品。这种制度安排，让年轻教师脱颖而出的机会变得十分渺茫。老教授们心里很矛盾，到底申不申报？不申报，有碍本单位的学术业绩；积极申报，又很可能挤掉了年轻教师的前途。

任何国家都有学术奖励，但看过内地教授或学生履历表的，肯定对其"所获奖项"的丰富多彩表示惊叹。奖励过多，也就明显贬值，此乃中国教育及学术"通货膨胀"的另一种表现。以北大教师为例，每年大约有1/3以上的人获得大大小小的奖励，有的单位甚至获奖人数过半。年复一年，表彰力度增加，可效果却递减。如此频繁的评奖活动，本意虽甚好，可一旦操作上略有瑕疵，引起诸多内部矛盾，很可能成了另一种"折腾"——这也是近年内地大学校园显得骚动不安的一个重要因素。

说这些，并非吃不着葡萄就说葡萄酸——说实话，我本人也是这种奖励制度的获益者。可我一直在反省，即便从管理的角度，目前内地大学这么密集且名目繁多的奖励是否有必要，能不能少评奖、评大奖？

在香港中文大学教书，每年也需填报学术成果，但未见具体的奖惩措施，连一句口头表扬都没有。不像内地很多大学，实行"明码标价"的奖励制度——发表一篇哪个级别的论文奖励多少钱，年底结账时坚决兑现。我曾撰文批评这种"一手交钱一手交货"式的"提奖学术"，可惜目前此举已成燎原之势；更严重的是，不少学者尝到了甜头，开始"非常适应"这一体制，且玩起各种猫儿腻来。

港中大不是不看重学术成果，而是放长线钓大鱼，平日不奖惩，晋升职称或申请长聘时见分晓。相对而言，我还是比较喜欢"算总账"，而不愿意每天扳着手指头"精打细算"过日子。

申请表格及研究计划

同时在北京大学与香港中文大学教书，观察各自招收研究生的方式，感觉甚为有趣。先说大的方面：港中大采取申请制，初选入围者，通过面试来筛选；北大有点复杂，留学生及港澳台考生是申请制，本国学生则基本上采取考试制。之所以说"基本上"，那是因为，硕士生中有一半以上是本校或外校根据本科阶段的学习成绩推荐上来的，只需面试，不用参加统一的笔试。

若是考试制，涉及教授如何命题、学生怎么答卷、评分的标准，以及试卷分数在整个录取工作中所占比例等。因外界对研究生录取工作的质疑"与日俱增"，各大学于是制定了越来越严格的规章制度。其实，制度是死的，人是活的，关键在教授的眼光及能否出以公心。这里不说灵活性很大、故无论师生都必须树起脊梁认真对付的面试，就说如何阅读申请表格及研究计划。

北大及港中大都要求考生提供两封教授的推荐信，恕我直言，凡外国教授写的，大都态度认真，描写细致，讲究分寸，颇有参考价值；而本国教授的推荐信，即便不是学生代拟的，也都是大话连篇，不太着边际。那是因为，我们历来更为看重学生考场上的表现。至于推荐信上"政治表现"一栏，那更是"中国特色"，港中大没有。每年阅读此栏文字，总有啼笑皆非的感觉。因要求过于空泛，推荐人不知从何入手，有抄《人民日报》社论，说该生政治立场坚定的；有搬法律文书，说该生遵纪守法的；也有言简意赅，就写"很好"二字。在我的印象中，教授们很少在意此栏文字，他们更看重的是"有何奖惩记录"。

最近10年，大陆（内地）考生的申请表格越来越好看。国外及港澳台的考生，偶尔也有获某某奖励的，但从未获奖也很正常。而内地考生的获奖记录几乎是连篇累牍，初看惊叹不已，看多了则有点茫然。除了上回提及的为寻找"天才学生"而提供高额奖金外，各大学纷纷将原本提供给研究生的奖学金分成一、二、三等（往往是轮流获得），或另拟名目，因此显得特别有分量。

这让我想起十多年前北京某名教授发明的填表策略，他将每回出国参加学术会议时主办方提供的机票及住宿费说成是"奖金"，故显得成绩斐然——你想想，一个中国教授，获得这么多"国际学术奖"，那还了得？要不是学校给予了特别表彰，同行还不知道有此诀窍呢。与此异曲同工的是，香港某教授深谙中国人注重名分、崇尚奖励的国情，发明了一种很有诱惑力的"提奖学术"的方式——每年组织一次国际会议，为很多与会者颁发各种名目的"论文奖"。

虽说只是奖状一纸，但填表时可用，效果极佳。

看多了此等把戏，加上各大学确实有自己的评价标准，很难折合成统一的分数，因此，无论北大还是港中大，教授们都更相信自己的眼光，以考生提交的研究计划及此前所撰论文为准，而不太关注该生到底获得过多少奖励。

港中大采用申请制，考生的研究计划写得很长，也很具体，被录取后，基本上就照此计划有序地推进。这么做的好处是，学生大都能按时毕业；缺点在于入学后很难有大的突破，基本上就是申请时的高度。北大主要根据考卷及论文来判断该生的学术潜力，申请表上的研究计划仅供参考；至于学位论文题目，等修够了学分或通过了资格考试再说。进入硕士或博士课程后，通过一两年学习，有较好的学术趣味及视野，再来确定毕业论文题目。这么做的好处是，选题立意高；缺点则是后面的时间太紧，很容易变得"心有余而力不足"。

当然，这涉及两校学习年限及课程设置的差异，以人文学为例，北大硕士三年、博士四年；港中大硕士两年、博士三年。至于完成学业所需要修习的课程，北大也明显比港中大多。

谁的面子更要紧

当老师的，大都希望得天下英才而育之。如何尽最大努力，招到好学生，这既是学校的责任，也是教授的兴趣所在。可是，才华横溢的好学生就这么多，被你招去了，别的学校或教授就得不到。平日里温情脉脉的教授之间，于是也隐含着某种竞争关系。因为，学术训练阶段，名师固然可以带出高徒；走出校园后，成就卓著的老学生，反过来足以抬高乃至成就"一代宗师"。原西南联大教授、后出任台湾"中央研究院"院长的吴大猷，除了自身学术上的贡献，还有就是培养了杨振宁、李政道这两位高徒——两人获得诺贝尔奖后，第一时间给吴先生送上谢师信，此乃学界美谈。

不仅教授挑学生，学生也在挑导师——有基于性情的，有看重学问的，还有算计就业或日后发展的。无论选生还是择师，都是兼及"公心"与"私利"。这其实很正常，没必要遮遮掩掩。问题在于，制度设计上，如何照顾各方利益。就以招收研究生为例，北大与港中大之所以采取不同策略，与其说是基于学术考量，不如问谁的面子更要紧。

学校能提供的奖学金就这么多，给谁不给谁，几乎决定了该生日后的发展前景。北大规定，理工科研究生的奖学金从导师的科研经费划拨，人文学科研究生的奖学金则由学校统筹。理由是，前者帮教授干活，论文共同署名；后者没有这种关系，各自独立地阅读、思考、写作。理工科教授招生名额也有限制，但相对来说自主性大些；人文学科因拿的是学校经费，只要符合规定，可谓"见者有份"。以北大中文系为例，每年学校下拨的博士生名额不及指导教师多，因此，主管科研的副主任必须通过内部章程，让某些教授暂时停招，以保证"博士生导师"每人有一个招生指标——至于招得到招不到那是另一回事。这么做的好处是，照顾了各位导师的面子，维持了系里人际关系的"和谐"。

这可苦了考生们，报名前须四处打听某教授今年有多少人报考，竞争激烈不激烈。因有名额限制，导师们心里都有杆秤，只能保第一、争第二。很可能你的考生中落选的，比我排名第一的还要优秀，但没有用，教授们大都不愿意招收别人的考生。这种一对一的报考制度，便于学校管理（录取以后不得更改，除非导师去世），也满足了教授们的虚荣心。只是这么做明显对学术发展不利，也限制了学生的志趣。但奖学金是学校提供的，考生乃弱势群体，没有发言权——除非是特别优异的考生，全世界名校都在抢，那另当别论。

单就"招生"与"择师"而言，香港中文大学中文系比较接近美国大学的东亚系或日本大学的中文科，先决定录取不录取，进来后再讨论跟哪位导师学。新学年开始，每位教授（含副教授、助理教授）及新入学的研究生都会收到一张表格，让你填写招生或从师的意愿，分第一、第二、第三。若师生都以对方为首选，那就是对上眼了，绝配。若连第三选择都没有，那对不起，强扭的瓜不甜。私下里，教授会向自己属意的学生"暗送秋波"，但无法强求。因为，学生已经考上了，他们有选择导师的权力。系主任能做的，也只是实行"动态平衡"。

这么一来，会不会某些热门专业因人气旺而变得"独大"，那倒是过虑了。面试时各专业的导师都发表意见并参与投票，已经内在地保证了各方的利益。差别仅仅在于，你招进来的学生，不见得就愿意跟你学；因此，同一专业的教授，有人欢喜有人愁。

独立自尊与隐私保护

　　事情已经过去一年多了，可一想到香港中文大学的哲学硕士G君，我还是很难受。G君学的专业是语言学，除了上我主持的必修课"讲论会"，也修过我开设的专题课"现代城市与现代文学"。对于课堂上略显羞涩但神情专注的G君，我印象很深，曾将其期末作业推荐给杂志发表。没想到，这么聪慧的学生，竟然在完成学位论文后，从家住的高楼一跃而下。

　　接此噩耗时，我正在北京，赶紧给系主任及G君的指导教授去信，除了表示哀悼，更叮嘱尽可能稳定其他同学的情绪。回港后多方询问，还是雾里看花，不太明就里。能确定的"背景材料"只有两点：第一，家境比较困难；第二，近期没有突发事件。在好大学念书的孩子们，精神上承受很大压力，加上正处青春期，容易情绪化，一时想不开而走上绝路的，每年都有。主要原因是：抑郁症、为情所困、学业跟不上，还有就是家庭经济困难。说实话，前三种很难预防，学校及老师能做的，就是尽可能防止学生因经济困难而辍学或自杀。

一般认为，香港很富裕，学生应该没有经济上的困扰。那是天大的误会。作为国际性繁华大都市，香港富人很多，穷人也自不少。港中大的学生中，家境不太宽裕的，比例不小。毕业典礼上，某学生兴冲冲跑来跟我说："老师，我终于挺过来了！不好意思，有时候我上课走神，那是因为缺觉。这些年，为了补贴家用，我还兼打两份工。"说实话，那一瞬间，我很感动，但也吓出了一身冷汗，心想你为什么不早说，像这种情况，学校是可以提供帮助的。

我知道，香港学生普遍要强，也习惯于碰到困难自己解决。如此独立自尊，固然很可钦佩；但校方以及教授是有义务帮助每一位经济困难的学生顺利完成学业的。以北京大学为例，每年开学，都会大力宣传如何统筹中央财政、学校拨款以及社会捐赠，加大对家庭经济困难学生的资助力度。另外，也要让经济困难的同学感觉到，申请贷款或资助是很自然的事情，一点也用不着难为情。除了专管此事的学生资助中心，各院系领导及班主任，都有义务发现需要资助的学生，主动积极地"把关怀送上门，把政策讲到家，把资助做到位"。

依照北大的经验，我请系主任向中大校方提议，能不能给各院系一份经济困难学生的名单，以便我们提供特殊关照。几天后，得到如下答复：第一，鼓励老师们关心所有同学的学业与生活；第二，凡中大学生，均有权力申请各项奖助学金；第三，基于保护个人隐私的相关法律，学校无权泄露学生的家庭背景资料。

中大校方的回答无懈可击，可我还是觉得不太满足。在法律之外，应该还有天理与人情。生活在现代社会，个人隐私必须尊重；但对于刚刚走进大学校园的新生来说，因环境陌生、课程压力突然增大，隔膜与猜忌齐飞，自尊共胆怯一色，弄不好就会走向自我封闭。这个时候，需要某种特殊的关爱，包括沟通、对话、鼓励，以及必要的经济支持。

突然间，怀念起内地各高校里那些"婆婆妈妈"的班主任来。

如何处罚作弊

　　几年前，刚到香港中文大学教书，碰到老朋友李欧梵教授，被劈头盖脸地批了一通：你们北大怎么搞的，学生这么差，而且不懂规矩。李教授原在哈佛教书，那年受命主持香港中文大学东亚研究中心，对该中心招收的学生很不满意。这里有教学宗旨与学生期待的错位，也与中心刚成立招生不太理想有关。新生中有北大毕业生，最初被寄予厚望，没想到更糟糕。

　　所谓"不懂规矩"，是指该生完全无视学术伦理，第一次作业抄袭，被警告；第二次作业还是抄袭，这让李教授觉得不可思议。一周后见面，我问怎么处理，李教授还是气哼哼的："没什么好商量的，退学。居然还来讨价还价，问能不能给出具曾在中大就读的证明，莫名其妙！说好了，若再纠缠，不是退学，是开除。"虽说该生并非来自北大中文系，我还是觉得很丢脸。李教授的判断是对的，那学生已经习惯成自然了，不觉得这么做有多严重。

　　今年4月，应邀参加凤凰卫视的"锵锵三人行"，谈及当今中国大学的抄袭成风，我说到，即便普遍推行机器检测也没有用，因学生会抄那些尚未进入数据库的，比如说书籍没进入、建国前的报刊没进入、港台的杂志也没进入，更不要说外文杂志无法检索了。事后有朋友半开玩笑，说我不该把后壁打穿，弄不好成了传播抄袭经验。

其实，关键在于学术伦理的教育，以及对于违规者的惩戒必须非常明确。年初哈佛大学爆发学生集体作弊，据美国媒体报道，经过一番调查与甄别，125 名涉及此案的本科生中，超过一半被强制停学，剩余的或留校察看，或被认定没有问题。这只是本科生必修课的期末作业，属于开卷考试，学生的过错在于过多地"互相借鉴"。这种小儿科的作弊，在中国大学里比比皆是，几乎每天都在发生。可哈佛大学为防微杜渐，竟采取壮士断臂的方式，极为严肃地处理了此事。我在节目中谈及：任何一所中国大学，如果面临同一状态，都不会采取如此强硬措施。除了不觉得这有多么了不起，还因为校方会考虑社会影响，且担心学生抗议，万一有哪个想不开跑去跳楼，校长你怎么办？

北大原本规定，若在考场上作弊，被抓住了，取消此门功课的考试资格，这将导致毕业时拿不到学位。后因"于法无据"，改为取消本次考试成绩，允许第二年重考。考试作弊不是好事，这谁都知道；可只要作弊的收益大而危险小，就必定禁而不止。相信"法不责众"的中国人，于是容忍日常生活中大大小小的作弊行为。很多人甚至认为，别人都作弊了，你不作弊你吃亏。这不是一所大学的问题，整个内地的教育系统，从校长到教授到学生，确有很多人违规而不受到惩罚，这就难怪作弊之风愈演愈烈。

相对于内地，香港各大学在处理学生作弊方面，明显要严厉得多。这也是李教授面对此案时得以快刀斩乱麻的缘故。要是在内地，事情绝没有这么简单。当事人纠缠不说，还有很多乡愿前来说情："何苦那么认真呢，不就是一篇作业（或论文）嘛，让他/她再交一份就是了。"以我长期在北大教书以及短暂从事行政管理的经验，很多教授不是不知道学生在作弊，但睁一只眼闭一只眼；万一有人揭发，或实在纸包不住火了，也倾向于"内部解决"。表面理由是爱护学生，实际上是怕给自己惹麻烦。

香港学生中，有聪明的，也有笨拙的，但照我的观察，无论闭卷考试还是大小论文，绝大部分学生都是独立完成。不是说他们的境界特别高，而是从小生活在法制社会，深知作弊的代价有多大，不值得为此冒险。

内地学生的优越感

若你今天到访香港各大学，肯定会注意到一个现象——校园里到处飘荡着普通话。这在 20 年前是不可想象的——那时你在校园里用普通话问路，都不见得顺畅。九七回归后，随着国家认同的日渐提升，以及内地经济的迅猛发展，港人学习普通话的越来越多。现在上街，你用普通话问路或购物，几乎没有任何障碍。公务员有专门的培训与考试，就不用说了；商场里的营业员，因内地游客购买力超强，也学会了刻意卷舌的普通话。

大学的情况不一样，两文三语（英语、普通话、粤语）均可用，日常生活中，本地学生更习惯于用粤语交流。那么，洋溢在校园里的普通话，基本上是来自内地学生或访问学者（台湾学生也有，但数量少）。

20 多年前，我在中大访学时，已有内地理工科研究生来为经费充裕的香港教授"打工"了。但使得校园环境发生翻天覆地的变化，还是因为招收了内地的本科生。1998 年秋季，28 名内地生入读中大，开创了香港各大学招收内地本科生的先河。据《中大通讯》419 期（2013 年 6 月 4 日）称："这些年来，一批又一批的内地生南来，逾二千三百人完了大学梦，跨出校园，或是赴海外深造就业，或是回内地工作，或是留港发展，追逐另一梦想。"无论哪所大学，都能找到值得夸耀的毕业生，问题在于整体水平及就业前景，这决定了其能否"可持续发展"。

港中大从 1998 年委托北大、复旦代招 28 名新生，到 2002 年招 60 名，2004 年招 200 名，今年更是将招生范围扩展到青海、西藏、新疆等 31 个省市自治区，录取了 302 名新生。步伐如此之大，是因每年参加面试的教授都称，生源实在太好了，出乎他们意料之外。这里有中央政府政策上的优惠（零批次录取参加全国统考的学生），也与国人对于香港大学的"美好想象"有关。

10 年前，结束在台湾大学的讲学时，我曾接受媒体采访，称台大学生风流蕴藉，北大学生气势如虹，可谓各领风骚。但据我观察，同一代人中，智商差别不大，从两千多万人中选出来的，与从 13 亿人中选出来的，还是不太一样。要说本科生的聪明程度，北大在台大之上。香港只有 700 万人口，选择的余地本就有限，加上不少优秀学生负笈欧美名校，因此生源问题一直是香港各大学的心病。如今，因内地考生的大量涌入，这块短板得以迅速提升。

赴港就读到底合不合算，每个人情况不一样，很难一概而论。我关心的是两点：第一，此举使得香港各大学有很好的发展前景；

第二，考生们用脚投票，有可能倒逼积弊丛生的内地高等教育进入改革通道。

香港各大学的本科生（研究生另当别论）中，内地生所占比例其实不高（以港中大为例，大约十分之一），可为何感觉上校园里四处充盈着普通话？这或许是生活习惯问题，内地生因远离家乡，喜欢三五成群，一路上欢声笑语。香港学生或不住校，或周末回家，即便在校园里，说话也比较小声。

这朗朗笑声背后，投射着某种时代的影子。香港人嘲笑"表哥"、"表姐"的时代已经过去了，如今挤满奢侈品店的内地游客，被半奉承半讥讽地称为"强国人"。而就读港校的内地学生，因学习成绩不错，经济上也较为宽裕，故不再胆怯，不再羞于表达，不再看周围人脸色办事，这自然是大好事。可另一方面，那种隐约透露出来的优越感，却让我有点担忧。最直接的表现是，不再渴望了解香港、香港人及香港文化，也不急于融入周围的环境。

香港学生的困惑

如果说内地学生的自信写在脸上；那么，香港学生的困惑则是深藏在心底。并非因为我来自内地，交流上有什么障碍，而是香港学生跟教授谈话时，一般仅限于学业，很少涉及人生、婚姻、经济等。一个偶然的因素，我对香港学生的处境及心境有了较为深入的了解。

中秋休假，香港定在农历八月十六。原因是地方小，下班再回家赏月，关键是第二天可以睡懒觉。那年中秋，我在中大有课，晚9点，下课铃响，请学生们品尝月饼，"千里共婵娟"。师生间谈话，难得如此放松。涉及"未来"时，内地学生"遥襟俯畅，逸兴遄飞"，而香港学生则不太吭声。一位被我点到名字的女生，淡淡地说了一句："我们没有未来，也不想。"这话很刺耳，促使我努力设身处地，站在他们的立场，理解这一代香港的年轻人。

若年轻一代的沮丧与挫折感带有普遍性，那是很严重的事情。去年9月11日下午，因特区政府推行"德育及国民教育科"引发强烈争议，香港大学生在中大的百万大道举行示威游行。我到现场看了，各大学旗帜飘扬，人很多，但都讲粤语。事后我问内地学生，他们对此事反应冷淡；香港学生则不一样，即便没有介入，也都表示关切。如此巨大差异，涉及各自的政治理念，也与对于自身未来的驰想有关。我隐约感觉到，今天香港的大学生及中学生，很可能是"迷惘的一代"。

九七回归以后，香港没有出现大的动荡，政治及经济都比原先预想的好，这很难得。但民间的不满情绪依旧存在，近年且有向青少年群体蔓延的趋势。对于百姓而言，那些琐琐碎碎的社会新闻，很容易点燃本就存在的无名之火。比如，风传内地人炒房导致香港房价高企；眼见小区里出现不少讲普通话、开好车、举止不文明的新移民；据说内地官商勾结的风气传入，正严重侵蚀香港本来还算健康的肌体，使得其竞争力明显下降等。

今天香港的国际竞争力，到底是上升还是下降，原因何在，这是可以公开讨论的。不太说得出口的是，作为个体的年轻人，该如何看待大量内地优秀人才的涌入。建立公平合理的制度，尽可能吸引全世界（当然包括内地）的优秀人才，这对香港的长远发展有利。道理大家都明白，问题在于，落实到具体人，你会不会抱怨此决策使得自己失去了就业乃至发展的大好机遇？

香港入境事务处近日发布消息，称三项人才政策10年来为香港吸纳了约九万名境外人才，而这些人绝大部分来自内地。对政府而言,此举省掉了培养人才所需要的大量时间及金钱,十分划算；而年轻人的感受,则很可能不一样。输入内地的优秀人才,对本港已有的政治、经济、文化、学术精英来说,并不构成严重威胁；直接影响本港年轻人的就业前景的,是香港各大学之招收内地学生（包括MA）,并允许其毕业后留港工作。欧美经济不好,很多海外人才回流；以前将香港作为跳板的,如今也改为争取在港就业。再加上跨国企业希望拓展内地市场,往往优先录用既懂英语、粤语,又讲普通话,且"熟悉国情"的内地生。这样一来,年轻一辈的香港人,确实面临很大的挑战。

香港乃历史悠久的自由港,港人普遍推崇自由竞争,即便私下里颇多怨言,公开场合也不好呼吁为保就业而自我封闭。因此,内敛且内秀的香港大学生,只能说一声"好时光已经过去了",借以感叹其"生不逢时"。这样的沮丧与郁闷,其实是值得当局关注的。

此硕士非彼硕士

常有人问我，到香港弄个文学硕士（MA），只要 10 万港币，是不是真的；甚至还有在内地已获硕士学位的，想来香港"深造"，再拿一个文学硕士。他们不知道，香港的 MA，其"含金量"其实不及很多内地大学的硕士学位。

在中外各大学授予的三级学位中，"学士"和"博士"面目清晰，地球人都知道他们是干什么的，评价标准也比较一致；唯有"硕士"的边界模糊，弹性很大。今日中国（内地）大学的名教授中，不少人只有硕士学位，这在国外（或香港）是不可想象的。那是因为，迟至 1981 年国务院批准了《中华人民共和国学位条例暂行实施办法》，我们才有了完整的三级学位体系。因此，上世纪 80 年代登上学术舞台的，硕士就是高学历了。

随着中国高等教育的突飞猛进，30 年后的今天，博士都变得不稀奇，更不要说硕士了。可在实际操作中，各大学、各院系的情况很不一样。以北大中文系为例，三级学位获得者中，文学硕士的就业前景最好，因其不高不低，适应面广且有很大的发展空间。可是，当各种各样或速成或兼修的"专业硕士"遍地开花时，传统的学术型硕士受到了很大冲击。你念三年书，且全力以赴完成学位论文，与他只须选修一两年的课程，同样都拿"文学硕士"学位，这不公平呀！

在香港，你要说自己是"文学硕士"，人家马上想到的是MA。因为，若是全日制的学术型硕士，这里统称为"哲学硕士"，即 MPhil。你要问文学硕士 (MA) 与哲学硕士 (MPhil) 的区别，我以学习时间及经费来源作答：前者学一年（全日制）或两年（兼修），向学校缴纳 8 至 10 万港币的学费；后者学两年（全日制），学校每月给你一万多港币的奖学金（各大学略有差异）。一进一出，不难明白两种学位的差异。本地人很清楚，这"文学硕士"属于在职进修，花钱读书，借以提高自己的学识及学历；不太明白的是内地的学生家长或用人单位。

香港中文大学提供各种名目的"文学硕士"供学生选读，如英语文学研究硕士(MA in English【Literary Studies 】),翻译硕士(MA in Translation)、跨文化研究硕士（MA in Intercultural Studies）、视觉文化研究硕士（MA in Visual Culture Studies）、比较及公众史学硕士（MA in Comparative and Public History）等。这些本属在职进修的 MA，近年录取大量内地学生，实行全日制，一年毕业。

抄一则某大学的 MA 招生广告，你就明白大致情况："资讯科技教育应用文学硕士课程（Master of Arts Programme in Information Technology in Education）：全日制，常规期限 1 年；兼读制，常规期限 2 年。招生对象为香港及华语地区（内地、台湾、澳门等）有志从事教育技术工作的大学准毕业生，其本科可为计算机、教育技术、教育相关学科或其他工程学科；讲学语言以普通话为主，辅以英语。"

香港中文大学中文系因本港生源充足，不接受内地生；其他大学或其他院系，大都积极收录就读 MA（理科则为 MS）的内地学生。MA 学生中，不排除个别人学业精湛，但一般情况下，拿这种学位的，是不能直接念博士课程的。说白了，这更像是职业培训，类似内地很多高校所做的"创收项目"。

考虑到不同专业的实际情况，我并不一概反对 MA 课程；但我不明白的是，为何有人在内地花三年时间读了个文学硕士，还愿意交钱来香港念一个进修性质的 MA。多方打听，终于明白其中的奥秘——特区政府规定，来港念 MA 拿的是学生签证，毕业后还有一年时间在港找工作；在此期限内，只要有雇主愿意聘你，就可以一直待下去。若顺利，7 年后转为香港永久居民。

在 MA 的问题上，政府、大学与学生，各有各的盘算，且利益纠葛，牵涉甚广。我无意拆穿"西洋镜"（英法等国也有此类只学一年的课程硕士），只是提醒一心赴港"深造"的内地学生，此硕士非彼硕士也。

人文学者的声音

因公进藏，走前到北大医院取点药，医生一看挂号单，说这名字挺熟的，敢情是光华管理学院的教授？不是；那是中国经济研究中心？也不是；法学院？更不是。为节省猜谜的时间，我挺直了腰杆自报家门——中文系教授。大夫有点尴尬，赶紧打圆场："中文系也挺好的，可以经常上电视讲故事。"这回轮到我笑了——只是有点苦涩。

20 年前，我撰写《当代中国人文学者的命运及其选择》，称昔日的"知识分子"，由于在市场竞争中境遇不同，很难再有相对统一的立场。此后，我多次谈及大学校园之"分裂"：不再有趣味相投、性格趋近、政治立场基本一致的"教授群体"了。每当被人追问你们教授怎么这个样子时，我的回答是：如同大千世界，教授也是无奇不有呀。其中的差异，既来自政治立场、个人教养，也缘于学科文化。

当下中国的巨型大学，动辄学生数万教授几千，校园里不同院系之间的隔阂越来越深。有的比钱多，有的夸位高，有的人多势众，有的政治正确，如此"学科文化"造成的缝隙，到底该如何协调？几年前，我在《中国青年报》的"冰点周刊"发表《大学公信力为何下降》，文章的主体部分是从"学科文化"的角度看"大学"，那标题是值班总编改过的。我承认，被他这么一改，传播效果大为增强；只是文章的重点也不再醒目："不同学科与专业之间存在着隔阂，这是知识生产制度化的必然产物。同一学科内部，经由长期的发展与演变，自然而然地形成一套被从业者广泛认可的概念术语、研究方法、表达方式等，外人很难理解，更不要说插嘴了。"这些趣味不同、发展途径迥异的学科集合在一起，组成了"大学"，相互之间免不了摩擦与碰撞。

商学院教授的"金钱至上"与文学院教授的"诗意人生"，各有各的读者群，也各有各的知识盲点。某种程度上，这是专业训练及院系的气质决定的。所谓"群众的眼睛是雪亮的"，或"真理越辩越明"，那是说给小孩子听的。特定科系的命运，牵涉社会需求、思想潮流以及国家战略，作为个体的研究者，你我冷暖自知。当下中国，相对于商学院教授的"趾高气扬"，文学院教授不能永远保持沉默，要学会大声地说出自己的好处及贡献——说不说归我，信不信由你。

去年我出版《读书的"风景"——大学生活之春花秋月》，全书共三辑，谈读书、谈大学那两辑备受关注与好评，而涉及"人文学的魅力、困境及出路"的第三辑，基本上被忽略了。很多读者认为，那不过是你们人文学教授在争夺生存空间，不关我们的事。其实，人文学在整个大学系统里的升降起伏，蕴含着大学发展方向的转移；而人文学者的反省与抗争，某种意义上是在捍卫传统的"大学精神"。

10年前北大酝酿人事制度改革，立意很好，但思虑欠周，且表达不清，引起了很大反弹。在那场影响深远（正面与负面）的论争中，积极发言或撰写文章的，基本上都是人文学者。而专门从事高等教育研究的教授们，反而插不上嘴，或不愿意公开表态。有趣的是，《明报月刊》今年第5、6、10期，先后刊出三组关于内地及香港教育的专辑，撰文或接受采访的，也大都是文学或哲学教授，比如香港中文大学的李欧梵、关子尹、刘笑敢等。而且，其对于大学理念的阐释、对于人文精神的坚守，以及对于企业化管理的抗拒，与10年前北大教授的论述异曲同工。稍有不同的是，在香港，研究资助局(RGC)的计算更为精致，而人文学教授的声音则显得十分微弱。

研究生们的志向

　　读书人当立志。但读书人的志向，并非越大越好。你不喜欢那些目光短浅，稍有收获便沾沾自喜或自吹自擂的；当然，你也可能疏远那些好高骛远，拒绝脚踏实地，只想着一飞冲天的。都说过犹不及，问题在于，分寸到底该如何拿捏？好老师的高明之处，在于恰如其分地激励学生往前走，而并非一味戴高帽，整天念诵"只要功夫深，铁杵磨成针"，把学生哄到了旗杆上，上不着天下不着地，那是很悲苦的状况。从教多年，深知关键时刻给力不从心的学生泼冷水，鼓励其勇敢地下撤或转移，是一件功德无量的事。

　　对于大学生或研究生来说，太高调与太务实，太张扬与太谦卑，都不是理想状态。而这不仅涉及个人才华，也和生活环境与表演舞台相关。举个例子，在社会承担及介入现实的愿望与能力方面，中大学生在香港所发挥的作用，有点类似北大学生在内地的角色，只是后者的名声更为响亮。常有人嘲笑香港学生的志向"不够远大"，这要看说的是学问还是政治。若是后者，确实很少有香港学生立志一定要"出将入相"。可这不是他们的问题，而是整个历史传统以及现实环境决定的。

10 年前，我结束在台湾大学的讲学，临走前接受记者采访，提及"北大学生的好处是气势如虹，很有精神，把才气都写在脸上，张扬，读书刻苦；台大学生比较内向，温和，讲礼貌，读书认真"（参见《从北大到台大——〈晚清文学教室〉序》）。如此即兴的表述，逸笔草草，只可意会，难以坐实；但多年后看，基本上还是站得住的。而且，移用来描述北大学生与港中大学生的差异，也都大致恰当。

你问我到底是喜欢气势如虹的，还是更欣赏风流蕴藉，我只能借用章太炎的故事来回答。1900 年，正值学术转型期的章太炎，称学者有二病：病实者宜泻，病虚者宜补（《致宋燕生书三》）。这么说你就明白了，志大才疏的与朴实木讷的，各有利弊，也各有补救的措施。

这些年同时在北大与港中大教书，即便讲同一门课，我也得准备两种教学方案，因各有各的需求，也各有各的盲点。比如，为研究生讲大课，我在北大着重的是"训练、才情与舞台"，那是因为，北大学生的"志向"不用你操心，缺点是普遍的眼高手低——"眼高"没有问题，"手低"则必须修补。至于在港中大，我更多讲述"学者的人间情怀"，揭示读书人那些"压在纸背的心情"，那是因为，港中大学生勤奋且规矩，很早就形成了良好的职业意识，必须打碎条条框框，勉励其重建志向、视野与驰骋想象的空间。

　　每所大学都有自己的"历史土壤"，试图把港中大改造成北大，或者反过来，那都是痴心妄想——既不现实，也不应该。但我拿这两所性格与才情不同、传统与前景迥异的大学互相照镜子，这样说起话来，比"引经据典"更有效果。比如，我在北大表扬港中大的"讲论会"，以及在港中大推荐北大丰富多彩的选修课，自觉潜移默化中，还是起了些许作用的。

大学校长的遴选

当年来香港中文大学应聘，面试时，各位委员（包括校长及副校长）撇开专业问题，竟问起我对大学校长遴选的态度。原因是，我刚发表了一则引起争议的短文《我为什么反对一流学者当校长》（《南方都市报》2007 年 10 月 18 日）。校长们感兴趣的是，作为中文系教授，你为何如此提问。此文直接针对的是内地遴选校长时的"院士迷信"——在"党委领导下的校长负责制"这一大框架下，书记负责人事与立场，校长主管教学与科研，找一位著名科学家当校长，于是成了学校以及主管当局的共同思路。而在我看来，判断某校长是否合格，大学理念第一，管理才能第二，学术成就第三。眼下的状况是，很多著名学者被委以重任后："既当校长，又抢课题，还带了不少研究生，这种'革命生产两不误'的做法，我颇为怀疑。不是你当校长不够尽心，就是你的研究只是挂名——谁都明白，做好这两件事，都必须全身心投入，你一天又不可能变出 48 小时。与目前的流行思路相反，我以为，国家根本就不该给大学校长重大科研项目。"直到最近这一两年，情况才开始发生变化，不少名校任命了"非院士"的校长，而校长上任后也公开承诺不做课题、不申请评奖、不带研究生，一心一意做管理——当然，这不全是我批评的效应。

说到大学校长，最受关注也最容易引起争议的，莫过于他们的精神境界与管理能力。去年接受《环球人物》专访，下面这段话发表时被删去了。记者问我，为何在世人眼中，中国的大学校长普遍"今不如昔"。我的回答是：今天中国的大学校长，与晚清及民国年间的蔡元培们，从学识、志向、气质到权限，都不可同日而语。这很大程度是体制决定的，怨不得校长本人。办学宗旨的确定、书记校长的委任、教育经费的下拨，以及学校内部的权力格局，导致了校长们即便有理想、有见识、有魄力，也都难有大的作为。只能要求他们在力所能及的范围内，做些局部的改良，努力提振教授及学生们的精神状态；退而求其次，那就是别贪污、不抄袭、少作秀，兢兢业业，这就可以"平安着陆"了。恕我直言，今天中国许多大学校长本就不是"教育家"，而属于"教育行政官员"，这点从其"级别认定"就可看得很清楚；因此，是否"忠于职守"，有无"执行力"，才是评判他/她们的标准。

香港的情况不一样，可大学校长同样很难有所作为。其中一个重要原因是，当今世界，大学校长的"神圣光环"正日渐褪去，有的甚至连"合法性"都颇受质疑。与此相关的是，本来波澜不惊的校长遴选，竟然也变得"风生水起"了。比如，今年浙江大学校长的任命，以及香港大学校长的遴选，便出现了很多"火爆场面"。除了大学校长地位崇高，备受各方人士（尤其是校友）的关注；校园里民主思潮激荡，师生们勇于表达自己的意见，还因为此事很有戏剧性，能吸引公众的目光。

拜读众多关于校长遴选标准的表述，发现有的说法不足为训，如追问是否校友或与本校有无关联；有的质疑可以商榷，如是否一流学者，或在国际学界声名如何；有的提问则值得认真深思，如学术视野、社会经验以及沟通能力。除此之外，还有一点常被忽视，那就是大学理念——大学毕竟不同于工厂、乡村、军队或政府机关，单有认真打好这份工的心情，而对于这种特殊形态的知识共同体缺乏基本的了解与体认，那将是很大的遗憾。

曾问北大及中大的同事，若我们也面临今日港大的困境，会不会也做出同样的选择——选一位对中国和亚洲毫无了解的外国人当校长，回答竟然惊人一致：想都别想！

诗意的校园

香港中文大学的同事告知，读我《校园里的诗性——以北京大学为中心》(《学术月刊》2012 年 11 期)，看得他热泪盈眶。同事是位诗人，正痛感当今大学校园里诗歌的迅速衰落，故对我文章结尾那段话心有戚戚焉："在我看来，谈论当下亚洲各国大学的高下，在大楼、大师、经费、奖项之外，还得添上'诗歌'。对于具体的大学来说，愿意高扬诗歌的旗帜、能够努力促成诗歌在大学校园里的'生长'，则自有高格，自成气象。"不过，赞叹之余，他还是有点困惑，问这是不是夜行者吹口哨，自己给自己壮胆？

其实，我并不否认，相对于 19 世纪的欧美大学，或上世纪 80 年代的中国大学，"诗意的校园"正日渐消失。但即便大趋势如此，不等于就没有抵抗的力量或可能性。在我看来，无论任何时代，诗歌都应该是大学的精灵与魂魄。只不过，今天的诗歌，不仅存在于课堂或舞台，更渗透到日常生活的每一个角落。

北大有其特殊性，作为中国新诗的发源地，本就诗人辈出；

加上北大中国诗歌研究院的鼎力支持，确实比别的学校更有条件成为"诗歌的沃土"。在我看来，在大学阶段，与诗歌同行，是一种必要的青春体验。能否成为大诗人，受制于天赋、才情、努力以及机遇，但"热爱诗歌"，却不受任何外在条件的拘牵。因痴迷诗歌而获得敏感的心灵、浪漫的气质、好奇心与想象力、探索语言的精妙、叩问人生的奥秘……所有这些体验，都值得大学生们珍惜（参见陈平原《诗歌乃大学之精魂》，《人民日报》2011年1月6日）。

其实，港中大也是一所有诗有歌的大学，不说早年著名诗人余光中曾任教中大十余年（1974—1985），播撒下很多新诗的种子，至今还能听到遥远的回声；近几年北岛在中大筹办香港国际诗歌节，更是唤起了我们对"另一种声音"的追怀与向往。至于每年举办的"全港诗词创作比赛"，都有中大学生参与并获奖；近日更有中文系校友捐资，指定支持旧体诗的教学与研究……所有这些雅事，都让我看到香港社会的另一面。不过，最让我感怀不已的，是以下小小的场景。

那天下午，微微细雨中，新亚图书馆门前，有个男生正在黑板上抄诗，那是一首新诗，作者我认得，是前年毕业的博士生。抄写者很认真，已经抄好了，后退两步，端详了一阵子，又走上前去，擦掉最后两行，重写一遍。我默默地观察，内心涌动着久违了的热潮。事后了解到，定期在黑板上抄写值得推荐的诗歌，放在图书馆前或食堂附近，供过往的师生观看，这是香港中文大学"书写力量"活动的一个组成部分。很古老，很手工，也很人性。我注意到，面对这些散落在校园各处的小黑板，绝大部分行人熟视无睹，偶尔也有凑上前阅读或议论一番的。但不管观赏者是多还是少，抄写者对诗歌的热爱与虔诚，还是很让我感动。

大学与城市

2010年12月17–18日，香港中文大学中文系和香港教育学院中文系合作，召开了"香港：都市想象与文化记忆"国际学术研讨会。为了这次会议，我们编辑了一大一小两个集子，大的《都市蜃楼——香港文学论集》（香港：牛津大学出版社，2010）是两校教师过去10年相关论文选集，小的《我的"香港记忆"》则是我在中大开设"都市与文学"专题课上的课外作业。

在《〈都市蜃楼〉小引》中，我提及："作为研究者，我们需要理解城市，理解作家，理解那些并不透明的文类及其生产过程，更需要理解我们自己的七情六欲。说实话，无论作家还是学者，之所以寻寻觅觅，不就因为还有个撇不清、挪不开、搁不下的'我'。面对'东方之珠'的急剧转型，作为读书人，你自然会不断叩问'我'从哪里来，要到何处去，怎样在这大转折时代里安身立命。"这既表达我们隐藏在严谨的学术论文背后的情怀，同时也是对于大会的默认目标及期待。某种意义上，城市不仅是建起来的，也是说出来的。一遍又一遍,说出我们对于这座城市的历史与现状的理解,说出我们的困惑与期待,这将可能影响日后的历史进程及城市发展方向。

会议结束后,读到这本小册子的《百家》总编辑黄仲鸣先生,对青年学生之"香港记忆"很感兴趣,决定选刊其中的九则(参见《百家》第十二期[2011年2月]、第十三期[2011年4月])。我在"附记"中称:"体贴并阐释香港这座国际性大都市,理论修养固然重要,生活感受更是不可或缺。假以时日,同学中或许有以'都市文化'或'香港'为专业研究对象,并作出卓越成绩的。"

接下来的春季学期,我在北京大学开设同样的选修课,布置作业时依旧是专题报告加一则散文或随笔,后者以"我的'北京记忆'"为范围,自由命题,但说好不要宏论,谢绝空谈,文章中必须"有我",3000字打住。期末阅读选课学生提交的作业,让我大跌眼镜——专题报告大都很好,反而是散文随笔不行。此前我与某文学杂志主编约好,准备选10篇文章给他们刊出;眼看实在拿不出手,只好自食其言。

开始很困惑,明明北大学生很聪明,为什么"我的'北京记忆'"总体上不及的"我的'香港记忆'"?后来想通了,问题不出在写作能力,而是城市感觉。换句话说,港中大学生(包括内地来的)对香港这座城市有强烈的认同感,而北京大学的学生志向远大,并不怎么将自己生活多年的北京这座城市放在眼里。

20 年前撰写日后常被引述的《"北京学"》这则短文（《北京日报》1994 年 9 月 16 日），我谈及一个有趣的现象——生活在北京的学者们，更愿意选择"中国"或"世界"的视角，而不太愿意"降级"讨论自己脚下这座千年古都兼国际大都市。有感于此，我曾以"北京"为题，撰文、编书、开专题课、组织国际研讨会，希望改变世人的偏见。可即便我十分努力，也只能影响寥寥几位年轻学者，在大的范围内，收效甚微。

这些年，我多次带领自己指导的研究生在北京城里游走，不是为了学术课题，而是希望培养他们对这座城市的体贴、理解与感怀。对于生活在北京的教授或学生来说，脚下这座城市，就是我们的家乡，理应对它有感情，不该将其简化为路边的风景，或暂时的栖居地。我甚至在一篇文章中谈及："可惜不是北大校长，否则，我会设计若干考察路线，要求所有北大学生，不管你学什么专业，在学期间，至少必须有一次'京城一日游'——用自己的双脚与双眼，亲近这座因历史悠久而让人肃然起敬、因华丽转身而显得分外妖娆、也因堵车及空气污染而使人郁闷的国际大都市。"（《对宣南文化的一次"田野考察"》，《北京日报》2012 年 5 月 21 日）

教授们的认同感

如果做教授们对于大学"认同感"的国际排名，我相信北大名列前茅。平日里也有很多批评与抱怨，可等到落笔为文，全都变得温情脉脉。几年前，我在北大中文系创办"博雅清谈"系列活动，第一次的主题"燕园记忆"，主要讨论乐黛云、谢冕、温儒敏三位教授各自所撰追怀燕园生活的新书。谢冕先生的发言题目很"煽情"，我至今记忆犹新——《选择北大是一辈子最大的幸福》。谢老师是诗人，发言时自然高八度；可其他老先生也都眼含热泪地大谈自己如何热爱北大，确实出乎我的意料。

后来想清楚了，这很大程度是"时代问题"——这些老教授大都18岁出门远行，来到这美丽的燕园，以后就再也没有离开过。燕园生活就是他们的一切，而绝不仅仅是教书的场所或谋生的手段。几十年风风雨雨，是有很多不愉快，但国家并没有给他们自由选择的权力与机遇。于是，半自愿半被迫地养成了对于自己工作的这所学校的极度依恋。不是北大一家，内地的高校，基本上都是这种情况。直到最近十年，国家用人制度松动，各高校为应付激烈的竞争而各出奇招延揽人才，年轻一代与大学间的关系方才变得松动。

在内地，只要是老一点的大学，其教师构成基本上是退休与在岗各占一半。那些几十年间与这所大学或院系休戚与共的退休教授，当初拼搏时薪水很低，故积蓄不多，退休后大都比较窘迫（相对于在岗的诸位），既为了体现人道关怀，又希望建构学术传统，大凡做管理的，都懂得一定要"抓好离退休教师工作"这一块。平时有空聊聊天，过年过节聚一聚，在力所能及范围内帮助解决实际困难，特别是生病时的照顾等。不是为了在校园里"维稳"，而是兼及责任与人情——我当北大中文系主任那几年，也是这么做的。

而这在香港中文大学，是不可想象的。在这里，大学与教授的关系，就是雇主与雇员，双方的权利、义务与责任，在合约书上写得清清楚楚。合约结束了，腾空宿舍（如果住校的话）及研究室，就再也没有什么关系了。港中大可以做得这么绝：今天退休，明天起学校给提供的电子邮箱就关闭了。你以后在外活动，不得再称"中大教授"——除非学校给你特殊荣誉（如"荣誉博士"、"荣誉院士"或"荣休教授"）。如此斩钉截铁、干脆利落，管理上是方便多了；可就是少了一点人情味，感觉上不太舒服。

我知道，很多中大教授退休后仍住在香港，但基本上不介入大学事务，连聚餐会都懒得参加。这与内地各高校普遍每年至少宴请一次全体退休教职工，提供互相认识、聊天、叙旧的机会，形成了鲜明的对比。更不要说，内地教授退休后，一般仍以某大学教授的身份参加各种活动，如出席学术会议、参加论文答辩、联合指导研究生等。学界都知道谁退休谁在岗，但从未见有主持人这么介绍嘉宾：某某乃某大学的"退休教授"或"前教授"。也正因此，很多先生虽退休多年，早就不用上课，也不在大学教员的花名册上，感觉上自己还是"北大教授"。

内地大学什么都管，包括教职工的吃喝拉撒、生老病死，当校长或系主任的，你都得挂在心上。这很有人情味，却浪费了大量宝贵的时间和精力，乃前一时代的遗留物。随着教授招聘的国际化，以及学校与教授间双向选择的可能性大增，有钱或著名的大学确实有更多的自主权与自由度，这对提高办学质量是有好处的。大家都学会按合约办事，没有那么多三姑六婆七嘴八舌的，签了字你就得认账。这种理性化原则眼下正长驱直入，不久的将来，北大大概也会走上今日港中大的管理模式。

前些天，和香港教育学院的陈国球教授一起飞往上海，参加华东师大徐中玉教授百岁诞辰及学术思想研讨会。会场上气氛之温馨与热烈，催得国球教授和我热泪盈眶。其中一位老校友还拉着系主任的手说：我们在外头拼搏、赚钱，老师就交给你们照顾了！有什么需要我们出力的，尽管说。国球兄于是感叹：这种场面，在香港很难见！

捐赠者的权利

在香港中文大学教书，首先要记得很多人名，这样才不至于迷路。原因是，这里的建筑多以捐赠者命名，别无其他称呼。比如，中文系所在的楼，是香港地产商、证券商及银行家冯景禧捐建的，门口立有塑像及说明文字。你要是在校园里问路，问中文系很可能人家不知道，必须问冯景禧楼才行。

学校统一排课，每学期换教室，几年下来，我也就记得了很多"捐赠芳名"，如梁銶琚楼、李兆基楼、田家炳楼（图书馆新翼）、邵逸夫堂、邵逸夫夫人楼、碧秋楼、蒙民伟工程学大楼、何善衡工程学大楼、伍何曼原楼、康本国际学术园、信和楼、何添楼、利黄瑶璧楼、利希慎音乐厅、郑裕彤楼等，每幢楼我都曾涉足，且知其来历；只有李嘉诚医学大楼因设在距离校园八公里的沙田威尔斯亲王医院，无缘参访。

前几年，冯景禧楼东侧的李达三楼被拆，原址建起了富丽堂皇的李兆基楼。此新楼地下演讲厅的设备很好，中文系办重要的艺文活动时经常借用。那天抄近路，猛然间抬头，发现李达三楼其实还在，只不过夹在冯、李二楼之间凹进去的部分。比起原先的独立建筑，如今的李达三楼显得很不起眼，是有点委屈了，但总比全被拆光好。这才想起，为何中大建筑常有楼中楼的怪招，原来是为了纪念最初的捐赠者。校园面积有限，到了某个临界点，老楼面临被拆的厄运，这个时候，如何兼顾校方及捐赠者的权益，需要认真协商。

去年互联网上曾爆发一场激烈的口水战，起因是香港援建的四川绵阳紫荆中学被拆；论战中，两地民众对"捐赠"的认知相差甚远。2008年汶川大地震后，香港教育界募捐，加上特区政府拨款，在重灾区绵阳援建了紫荆民族中学。可新楼落成不久，绵阳市政府又将这块地拍卖给了万达集团。事情办妥了，绵阳市政府才来跟捐赠方商议，称准备花大价钱异地重建紫荆中学，且重建后校名不变，捐赠性质也不变。香港民众一口咬定，如此先斩后奏，明显无视捐赠方立场，故不能接受。其实这没什么好吵的，依照《中华人民共和国公益事业捐助法》，绵阳市政府明显是违规了。受赠人须依照协议使用捐助财产，这本来是常识，可惜常被人有意无意忽略了；似乎只要拿到了捐赠款项，爱怎么花就可以怎么花。

在所有社会组织中，最容易拿到捐款的莫过于学校——尤其是名牌大学。中国人的废科举、兴学堂，一百多年里，有过全政府支持的年代（上世纪50—70年代，内地），但一头一尾，还是鼓励私人捐资办学的。既然希望人家捐款，就得考虑如何保证捐赠者的权利。比起聘为董事、参与决策或授予学位，我以为命名大楼是最切实可行的方式。因其只是纪念性质，不会影响学校的日常运作或办学自主权。这也是目前内地各高校最喜欢采取的募捐策略。

4年前，李兆基基金会与北京大学签署协议，捐赠2亿人民币，用于北大人文学苑的建设以及公共教学楼的维护。北京大学公共教学楼（即第二教学楼）本就存在，校方只是举行了命名仪式并贴上"李兆基楼"四个字；我相信，你在北大校园问"李兆基楼怎么走"，没有几个人知道。至于"李兆基人文学苑"，大家也都习惯于称"人文学苑"。北大校园里新建的大楼，多有以捐赠者命名的，但因这些楼的功能或归属很明确，大家都以其所属或功能称呼。你可以说，学校这么做，显得"很大气"，也可以说是不太尊重捐赠者的权利。

这里的尴尬，牵涉北大校园的特殊性。1952年院系调整，燕京大学被取消，北大成了燕园的新主人。此后几十年，北大校园大为扩展，有了很多新建筑。但老燕大的湖光塔影、园林建筑，依旧是北大校园里最为迷人处。这里不说司徒雷登（John Leighton Stuart）的筹款能力，也不说墨菲（Henry K. Murphy）的建筑理念，就说这些或巍峨或优雅的建筑，原本也曾有自己的名字——或缅怀创校者，或纪念捐赠人。今日北大的办公楼，原来叫"施德楼"或"贝公楼"；二体当年是燕大女生体育馆，又称"鲍氏体育馆"；北阁、南阁原名"麦风阁"和"甘德阁"；档案馆、俄文楼、临湖轩、博雅塔等，也都有明确的捐赠人。可所有这一切，随着政权更迭以及意识形态转移，都被一笔抹杀了。除燕大老学生或个别有心人，今日徜徉在燕园灿烂的阳光下、意气风发的北大师生，大都不知道这些陈年往事了。

与燕园故事极为相像的，是广州的康乐园。那原本是岭南大学旧址，1952年后归中山大学使用。今日的康乐园里，很多原岭南大学的建筑都恢复了原名，如怀士堂、马丁堂、黑石屋、格兰堂、荣光堂、张弼士堂、陈嘉庚堂等。而且，在近年刊行的各种校史读物上，中大都标明了各堂的来历及捐赠者。

除非不募捐，否则，我欣赏两个"中大"的做法。

书院制度的奥秘

来香港中文大学访问的，凡非专业人士，大都对这 8 个学院（文学、工商管理、教育、工程、医学、理学、社会科学、法律学院）与 9 个书院（新亚、崇基、联合、逸夫、和声、晨兴、善衡、敬文、伍宜孙）的关系搞不清楚；而教育界人士，则对中大的书院制赞赏有加，且表示愿意借鉴。针对前者，我会用最简单的语言描述：每个中大师生都有双重身份，专业教学及学术研究属于学院，课外活动及人格养成属于书院。而针对后者，我往往讲两句话：第一，相对于师资力量、教育特色、研究成果、校园文化等，香港中文大学的最大特色，确实在于其书院制度；第二，中大的书院制度很好，但不容易学。

虽然中大的成员书院之一新亚书院的创院院长钱穆，曾拟《新亚学规》，其中有这么一条："中国宋代的书院教育是人物为中心，现代的大学教育是课程中心的。我们的书院精神是以各门课程来完成人物中心的，是以人物中心来传授各门课程的。"但香港中文大学实行的书院制，主要不是追摹宋代书院，而是借鉴英国的牛津大学及剑桥大学。让不同学院、不同年级的学生们住在一起，创造良好的课外生活环境，便于其交流、对话、竞赛、娱乐，实现全人格教育，这一理念很容易获得教育学家的赞许。

遗憾的是，首创此制度的英国大学，真正落实书院制的并不多；而香港八所公立大学中，只有中大一家身体力行。为什么？一是经济实力，二是权力制衡。前者很容易理解，为所有（或大部分）学生提供课外活动经费（包括集体食宿、文化娱乐、国际交流等），这绝对不是一笔小钱。除了学生学费、学校拨款，更重要的是书院自身的筹款能力。这就牵涉大学与书院之间的责任与权限。

查《1976 年香港中文大学条例》，原有三所成员书院（即崇基学院、新亚书院及联合书院）的校董会，随大学之改制而改组，其职权主要为管理书院动产及若干建筑物，并通过捐款等方式，协助推展书院的学术及文化活动。换句话说，新亚书院（1949 年创立）、崇基学院（1951 年创立）和联合书院（1956 年创立）这三所学校，原本各自独立办学，1963 年合并成香港中文大学后，很长一段时间，三校仍维持教学及行政上的独立，大学仅负责颁授学位等工作。1973 年，中大全面迁入现在的校园；1976 年，香港立法局通过香港中文大学改制方案，各书院方才将办学主导权转移给大学本部。读钱穆的《师友杂忆》以及《诚明古道照颜色——新亚书院 55 周年纪念文集》，不难明白港府主导的三校合并并非一帆风顺，其中包含了各种摩擦与角力。大学全面掌握办学主导权后，还是给各成员书院保留了较大的生长及活动空间。

至于1986年中大成立第四所成员书院逸夫书院，以及2006年后创建的五所新书院，乃校方为扩大规模而主动筹款设立的。制度设计上萧规曹随，但缺了当初三校合一时的意气、豪气与志气。今天考进中大的学生，在选择进入哪一所书院时，主要比较各书院的福利及发展机遇，而不太有"书院传统"的认同问题。但我接触的老新亚或老崇基的学生，精神气质上确实有明显差异。说实话，我很担心，若干年后，各书院会泯灭自己的个性，回到大一统状态。

这也是内地很难借鉴中大书院制的原因——人家的书院传统是打拼出来的（尤其是最初三所），我们的书院创设则属于大学的统一布局。二者即便表面形式接近，精神上的"基因"也都相差甚远。因此，当北大的元培学院与中大的善衡书院结盟时，我表示"乐观其成"，但不觉得二者间有多少共同语言。相反，倒是复旦大学实行的书院制与港中大有几分相似。

中文大学的"风景"

　　有幸参加"新纪元全球华文青年文学奖"开幕礼，我很兴奋。虽然不是获奖人，也不是决审评判，只是荣誉顾问，没有真正介入此事，可我同样感觉与有荣焉。为什么？因为我是文学教授。诸位可能不晓得，在名校里当文学教授，压力很大。你没写过《红楼梦》，《唐诗三百首》也不是你的作品，你有什么资格教文学？如果不能培养作家，要你这文学教授干什么？

　　念中文系的学生，很多都有作家梦。因此，抗战中西南联大中文系主任罗常培，以及上世纪五六十年代北大中文系主任杨晦，都曾公开宣称：中文系不培养作家。轮到我当北大中文系主任，还不断有人要我表态：你们到底培不培养作家？面对此挑战，我调整了论述策略，努力向众多热爱文学的青少年解释：第一，中文系包括语言学、古典文献、古代文学、现代文学等诸多专业，各自发展方向不同，不能只谈文学创作；第二，文学创作需要天赋与才情，任何学校都无法批量生产好作家；第三，不是我们不要，而是做不到；若天降大作家，当然求之不得。最后，办教育的人都记得两句话，第一因材施教，第二欲速则不达。营造好的校园氛围与文学风气，然后顺其自然，等待收获。

香港中文大学除了开设很多小说、诗歌、散文、戏剧方面的专题课，还有两个很好的举措。一是请著名作家来学校演讲，如"中国作家中大行"，每学期请两位，已经来过14位，效果很好，正整理讲稿准备公开刊行。其中莫言作为第三届"中国作家中大行"的嘉宾，在香港中文大学祖尧堂发表题为《文学与我们的时代》的专题演讲，第二年获诺贝尔文学奖。随着中国文学越来越受到各国读者及批评家的青睐，我相信，还会有来中大演讲的作家获各种文学大奖。

与"中国作家中大行"不同，我们的"新纪元全球华文青年文学奖"面对的是"小荷才露尖尖角"的青年才俊。说实话，前者是人家给我们面子，来不来中大，对于著名作家来说无关紧要。后者不一样，很多参与者和获奖者，很可能因为我们的鼓励，日后坚持写作，思如泉涌，逸兴遄飞，最后成为大作家。若真如此，还真有我们的一份功劳。

大学能不能培养作家，国内外学界多有争议；我们的目标是，养成热爱文学、喜欢写作的风气，至于能不能出大作家，则尽人事而听天命。多年后蓦然回首，若发现积极参加"新纪元全球华文青年文学奖"活动的大学生中，居然有人日后获某文学大奖，那我祝贺中大,祝贺此活动的赞助人、评委及忙忙碌碌的各位同事。如果坚持了三五十年,依旧战绩平平,那我就转而祝贺中大校长,理由是,此活动起码使得中大校园显得青春勃发、诗性盎然。

眼下各国大学,尤其是亚洲的大学,因为排名等压力,日益强调"专业性"。段数高的,突出 SCI,追求各种学术奖;段数低的,自贬身份,变成了职业培训学校。我则反其道而行之,提醒各位校长、教授及学生,所谓"大学",除了传授各种专业知识,还要有诗歌,有美文,有激情,有梦想,有充满想象力的文学创作与艺术鉴赏,那才是完整意义上的大学生活。

为了我们的学弟学妹们能生活在有诗文小说、优雅且灵动的大学校园,希望中大能克服各种困难,让这费时、费力、费钱且不算"学术成绩"的"新纪元全球华文青年文学奖"能持之以恒,不是 5 届,而是 10 届、20 届。若真能做到,除了造福热爱文学的青少年,更可能成为中大校园里最为靓丽的风景。

纪念碑及大学精神

北京大学与香港中文大学都以校园美丽著称于世，但二者的空间布局截然不同，一曲径通幽，一蜿蜒向上，只能说各有优胜处。普通游客很容易选择未名湖、博雅塔作为拍照的背景，也多会到中大图书馆前的烽火台、百万大道流连忘返。至于本校师生或同道中人，可就挑剔多了，其品鉴对象兼及建筑、雕塑、园林、山水、花木、碑刻等。而且，不仅口头褒贬，还形诸文字，"广而告之"。

这方面，北大明显占有优势，如《燕园草木》（许智宏、顾红雅主编，北京大学出版社，2011年），以及《北大建筑与园林》（方拥主编，北京大学出版社，2008年）等，都是很像样的著作，兼及学术性与普及性，对于世人（尤其是北大人）了解燕园风物，起了很好的作用。港中大没有类似著作，我只能借助《如画清谐见匠心——早期崇基校园名家建筑设计回顾展》（2008年），以及《胡秀英教授纪念展》（2012年）等，对中大的建筑谱系以及植物学传统略有了解。

港中大中文系选择28篇描写中大校园的散文，编成了一册《中大·山水·人文》（香港：牛津大学出版社，2012年），目的是配合"大学中文"课程的讲授。北大没有必修课性质的"大一国文"或"大学语文"，也就没必要编选类似读物。但如果需要，我会毫不犹豫地推荐宗璞的散文集《我爱燕园》（北京大学出版社，1998年），其中的《燕园石寻》《燕园碑寻》《燕园树寻》《燕园墓寻》《燕园桥寻》，还有《湖光塔影》、《紫藤萝瀑布》、《丁香结》等，都是好文章。但仔细玩味，描写这两座校园的散文，谈中大的强调"山水"，写北大的则突出"人文"——后者有沉甸甸的历史感。

《中大·山水·人文》收录两篇散文，描述中大山顶的合一亭。近景是婆娑的老树、浅浅的水池，远处是浩渺的大海，以及八仙岭、吐露港等，拍起照来水天一色，好不壮观。如此简洁的设置，竟能造成玄妙的幽静与阔大，实在不可思议。这是中大的新名胜，每天挤满喜气洋洋的游客，不时还能见到拍婚纱照的。前任校长金耀基先生曾戏称此乃"香港第二景"；不过，"还没有发现第一景"。张晓风的《垃圾堆与天人合一》于是赞叹："天人合一可以是伦理上的宇宙亲情，可以是哲学方面的细密思维，也可以是眼前涤目浣心的深层美学。"（49页）相对来说，童元方《天人"合一亭"》的描写更为细致："一棵大树婷婷袅袅映照在新月型的水塘里，远望过去是一片辽阔的蓝色的海水，再远望过去是几乎细成一线的青山。""亭呢？右边是小径，往左一看，贴着大楼墙壁的原来是两长排的玻璃，一排临空，一排壁立。""从亭子转出来，在回去的路上，凝眸处是一横碑，上面刻的钱穆的文章，大概三、四段，是有关'天人合一'之论。"（43页）

很可惜，这块本该起"点睛"作用的"天人合一"碑，不太好阅读。长约8米，宽0.4米，犹如一幅打开的山水长卷，镶嵌在一堵青灰色的砖墙上。这形制本就有点怪异，再加上碑文镌刻在银白色的不锈钢上，必须不断变换位置与角度，方能勉强阅读。我相信，能站着读完全文的，不说没有，但肯定很少。这明显与传统碑刻的立意不同，不追求"现场阅读"的感受（新亚图书馆挂着纸本的碑文），因此也就减损了其"屹立于天地间"的象征意义。

比起合一亭的巧思来，我更欣赏北大校园里默默屹立着的国立西南联合大学纪念碑。宗璞的《燕园碑寻》有这么一段："从未名湖北向西，到西门内稍南的荷池，荷池不大，但夏来清香四溢，那沁人肺腑的气息，到冬天似乎还可感觉。1989年5月4日，荷池旁草地上，新立起一座极有意义的碑，它不评风花雪月，不记君恩臣功，而是概括了一段历史，这就是国立西南联合大学纪念碑。"原碑立于昆明西南联大旧址（现为云南师范大学校园），为纪念抗日战争中那段峥嵘岁月，不仅北大，清华和南开也都复制了石碑，置于各自的校园。此碑由西南联大教授冯友兰撰文、闻一多篆额、罗庸书丹，故有"三绝碑"的美誉。我很喜欢冯先生这篇惊天地泣鬼神的"大文章"，也曾仔细辨认碑后刻录的834位联大参军同学的名字。我当然知道，这是复制品，单就文物价值而言，远不及燕园里诸多记录在案的古碑，可我还是觉得，这是北大校园里最具灵性、最有精神价值的石头。

每所大学都有属于自己的故事与人物，也都有值得认真发掘的传统，而所有这些，往往透过有形的物品体现出来。这就说到大学校园里的"纪念物"，不一定是古董，也不一定是名胜，关键是要与这所大学的精神紧密联系在一起。若如是，即便今日"门前冷落车马稀"，总有一天会被世人追怀与致意。

学者与知识分子

今年是香港中文大学创建 50 周年，故有一系列纪念活动。前几天举行的"杰出学人讲座"，主讲者是"中央研究院"院士、原哈佛大学教授、现任香港中文大学冼为坚中国文化讲座教授的李欧梵先生，演讲题目是《全球化年代学者/知识分子的角色》。单看题目，再加上参考文献中洋文引福柯、萨义德、伊格尔顿，中文引钱穆、余英时、金耀基，你就明白此讲座的大致旨趣。

到了提问环节，校长沈祖尧教授站起来发言，说他听演讲时战战兢兢，深怕李教授指着和尚骂秃驴。还好，李教授很温和，只是点出了当下中国大学发展的困境。学生们对校长的谦和报以掌声，我也对李教授的"有礼有利有节"表示钦佩。说实话，大学教授之退守书斋，不再扮演知识分子角色，不是中大一家的问题，也不是哪个校长想改就能改的。李教授声色俱厉地批评 UGC（香港大学教育资助委员会），固然让在座的校长及文学院长颇为不安；而李教授引经据典，希望培育兼具学术贡献与社会责任的"学院

136.

知识分子"，其实也都不容易实现。

事后聊天，我说起，也只有像李欧梵这样"象征资本雄厚"的教授，才能肆无忌惮地批评眼下正汹涌澎湃的学术潮流。年轻一代的学者，若逆潮流而动，小则升不了级，大则续不了约。大部分学者之所以"两耳不闻窗外事"，是整个大学制度运行的结果，怨不得哪个具体的人。举个例子，今天香港中文大学的教授，有几个愿意在报纸上写文章，或在媒体上公开表达自己的政治 / 学术立场？不是没有能力，而是这么做近乎"自毁前程"——除非你已经熬到不受任何评估的限制。

3 年前，在谈及学者如何介入社会时，我特别表扬李欧梵"刚来香港的时候，写了很多相当凌厉的文章，批评港府不重视历史文化，发挥了很大的作用"。除了政治立场，更因在香港学界，"报纸文章"不算学问，而李欧梵"没这些顾虑，很潇洒，左一巴掌，右一巴掌，唤起了不少人对于香港问题的关注"（参见《陈平原、陈国球、李欧梵三人谈：学术声音如何介入都市论述》，[香港]《明报》2010 年 12 月 17 日）。时至今日，我还是这么认定——香港的大学教授生活比较优裕，除了自己的专业研究，有责任关心公共事务，必要时应站出来对公众发言。

这方面，北大的情况好多了。由于历史的缘故，北大教授多有"铁肩担道义"的自我期待；也由于内地的特殊国情，北大教授的发言容易获得社会的关注。这些兼及政治与学术的"发言"，算不算教授的业绩，始终不无争议。以中文系为例，我们曾不限学报论文，允许提交社会影响巨大的"报刊文章"。但随着学术奖惩制度的步步紧逼，这一"不薄短文"的传统即将崩溃。原因很简单，老教授可以自由挥洒，不理会那些越订越细的规章制度，年轻教师则不能不按部就班。

所谓"天下英雄尽入吾彀中矣"，不限于科举考试，所有制度都有这种功能。只要学术演讲、一般书籍以及报纸文章不算学术成果，必须在有"严格评审"的学术刊物上刊发的专业论文才能算分数，学者自然而然就会趋利避害，逐渐丧失介入社会的能力。你可以批评某些活跃于媒体上的教授发言很不负责任，为收获掌声而剑走偏锋，但不能因噎废食，反过来斩断大学与传媒的一切联系。对于人文学者来说，即便只谈学问，"远离尘嚣"也都不是最佳选择；更何况，在我看来，作为大学教授的人文学者，本该肩负三大责任：第一，教书育人；第二，思想探索；第三，引领社会风气。这三者之间，有交叉重叠，也有互相制约。"横看成岭侧成峰"，观察家必须反省自己的立足点，方才能有比较通达的见解。

在"杰出学人讲座"的演讲现场，因我坐在第一排，李教授于是不断以北大为"正面典型"，批评香港的大学管理如何导致知识分子立场的缺失。我明白李教授的苦心，可也不得不亲手打碎此"美妙的幻境"——那被过度理想化的北大，也正日渐丧失其"灵晕"。

大 学 评 论

我看北大研究生教育

　　按照原先的约定，我略为谈一下中文系的情况，然后就引申发挥，发表我对北大研究生教育的看法。最近 11 年间（1998 — 2008），北大中文系毕业的本科生有 1167 名，研究生（硕士及博士）1146 名，其中留学生约占五分之一。这数字说明什么，培养研究生，已经成为北大各院系的工作重点，我们必须实现战略转移。前些年，着重抓本科教学，效果不错，基本上了轨道，各项工作有章可循。现在的主要任务，应着重关注研究生教学，因为，这跟教授们自身的研究状态密切相关，也更能体现一所大学的学术水平。

　　中国人开始有正规的研究生教育，是在 1922 年（1917 年曾尝试，但属于业余兼修，不算）；那年，北大中国文学系招收的 7 名研究生，包括日后大名鼎鼎的冯沅君、罗庸、容庚、郑天挺等。但因战争环境及办学经费等，北大的研究生规模始终不大。到 1953 年，中文系招收研究生 15 名，1978 年 37 名，1987 年 30 名，1998 年 64 名（含外国留学生），此后便大致维持在这个规模。

1984 年开始招收博士生,仅 2 名,1998 年为 54 名(含外国留学生),此后也大致维持此规模。

罗列这些数字干什么？涉及如何看待中国博士的学术水平。说到这,很多人直摇头,感叹"江河日下"。这里有个高等教育从精英向大众转移的大趋势,必须体认。同样是博士,每年招 2 名,和每年收 54 名,效果是不一样的。我承认,我们的研究生教育是有问题,但很难说今天的博士就一定不如 20 年前的博士。尤其在北大,我不觉得有"危言耸听"的必要。大概是专业的缘故,北大中文系培养的博士硕士,好的,一点不比任何世界一流大学差——除了外语能力。

我曾在好几个欧美以及台湾、香港的著名大学教书,正儿八经给研究生上课,也旁观人家的教学体系和培养方式,深感其中最大的差异在于：人家注重学术训练,我们强调个人才华。

北大的选修课多而杂,好处是学生思想极为活跃,能接触很多前沿性话题。但老师开课,随意性很大,相对忽略基础训练。培养出来的学生,能思考,会表达,但学术训练有问题。美国教授谈起北大出去的学生,总是那么两句话：第一,这学生真是聪明；第二,可惜训练不好。聪明不用说,13 亿人中挑出来的,当然不会太笨；可是否成才,不能单靠聪明。我给学生讲过自己的经历,当年考北大,送论文给王瑶先生看。王先生的评价是"才华横溢"。我很高兴,可接下来的批评让人出一身冷汗：有"才华"是好的,

"横溢"就可惜了。

什么叫研究生教育，就是让你的才华不要随意横溢，而是积累起来，在预定的区域、按照可控的方式，精彩地、恰如其分地呈现出来。没才华的人，念再好的大学也没用。什么叫好大学？好大学就是让有才华的人，善用其才华。在这个意义上，说我们的训练不好，那是很严厉的批评。开始不服气，讲中国语言文学，还有比我们更本色当行的？现在转过来，我特别关注美国东亚系的学术训练。

确实，我们有出类拔萃的好学生，但很不均匀，这跟我们的训练不得体，主要靠个人感悟及氛围熏陶有关。北大的特点是崇尚天才，鼓励学生们自由发展。可如此绝顶聪明，必须与严格的学术训练相辅相成，才算成功的研究生教育。不然的话，满足于传播某名人从不上课这样的逸事，那是不负责任的。天才不必教，也无法教，大学只需提供自由发展的空间，就行了；可绝大部分学生不是天才，不能简单套用这故事。北大百年校庆期间，我说过好几句日后广泛流传的"名言"，其中之一是，大学的使命是为中才定规则，为天才留空间。清华的好处在前者，北大的长项在后者。可惜进入北大学习的，并非都是天才。在我看来，别的学校是自由活动的空间太小，北大则相反，需要强调某些"基本规则"必须遵循。

以上是"帽子"，属于个人感慨，下面就谈6个具体的问题。

第一，研究生课程如何设计。目前基本上是以老师的意愿为主，很少考虑这些课程对本专业学生是否合适，有无必要。研究生的课程设置应有灵活性，但如果全都灵活了，看不出任何方向感，那可不是好事情。是否应长短搭配，规定某些重要课程，多长时间里必开一次，以便本专业的学生选修？如何兼顾老师的研究兴趣和学生的知识养成，是个难题。只讲最新最好的（姑且这么说），不一定能达成教育目标。

第二，教师如何讲授。北大学生到美国念书，第一感慨是：时间不够用，读书很辛苦。不全是语言问题，主要是教学方式的差异。北大的好些课程，尤其是名教授的演讲，很好听，也很精彩，但学生们只需观赏，不必介入。修这种课，很轻松，期末写个作业，就行了。老师对于阅读量以及参与程度，没有特殊要求。我说过，这与北大教室的设计有关，作为教师，站在这样的讲台上，你只能演讲。提了好多次意见，现在终于逐渐改变，有了若干可上讨论课的教室。但问题又来了，好多北大老师其实不知道怎么上讨论课，以为让学生分头准备，老师听过发言，随便总结几句，就可以打发了。学生们有意见，认为教授偷懒，不用心备课，糊弄人。从传统的坐而论道，到新学的课堂讲授，是一大转变；从老师高高在上侃侃而谈，到师生平等，展开对话与辩难，进而互相启发，又是一个转变。这个时候，老师的学术眼光、组织课堂的能力以及责任心，便凸显出来了；如何上好讨论课，是个大问题。

第三，学生怎样评鉴。北大强调尊重老师，这是对的；但有些东西，当断则断。比如成绩评定，对老师无所谓，对学生却很要紧。本科生成绩录入有规定，研究生则可灵活掌握。学生中流行这么一种风气，将听课与选课分开。听名教授的课，选"慈悲为怀"的。选课前，都会打听这老师给分怎么样，是抠门，还是大方。研究生院对分数有规定，但不敢真管。有老师给分最多70，也有老师是在92至94之间认真斟酌。博士生考试，老有人追问，为何我90分不录取，人家60分就能进来？不同班级水平参差，可分数如此悬殊，不应该。我只是举例，说明有些事情，若是非很明确，研究生院其实是应该管的。老师们一下子不习惯，讲道理，很快就能改过来的。

第四，如何走国际化道路。博士生出国进修，记得1985年就开始了，因为我申请了，没通过。那时认为，中文系就不必出去了。可实际上，在学期间，能有出外一年的经验，很重要。此前我们八仙过海，各显神通，努力把学生送出去；最近几年，有教育部的支持，好多了。中文系每年都有好些学生到国外著名大学进修，效果很好。不仅仅是去找资料，好些同学经由一番痛苦地挣扎、反省与突围，学术上有明显的长进，有些甚至可以说是"飞跃"。以前看不起国外汉学，觉得自家学问最纯粹的老师，如今也承认，学生出去走走，开开眼界，有好处。可按照规定，读学位和进修，必须一比一，这是很大的束缚。对我们的学生来说，出去进修一年或一学期，比读人家的学位更有意义。如果这是教育部的硬性要求，不能改，建议用互换生的办法，与国外各著名大学，甚至包括台湾大学、香港中文大学等，建立稳定的交换学生的联系。若干年后，北大的研究生，如果必要和愿意，都有机会到其他大学去访问、研究一段时间，我相信，那对学生来说将是很好的机遇。

第五，在走出去的同时，如何有效地请进来。目前这种请进来，讲一个小课程（8讲）的做法，同学反应极好。至于请来的教授，也都不敢大意。我们甚至做了录音整理，准备出书。可有两个细节，希望改进。第一，讲8次课，起码总得待一个月吧，3000元住宿费，怎么够呢？当然，相关院系可以补贴，可好人做到底，何苦节约这点小钱。第二，应该给请来的教授配备助教，协助讲授或导修，而且算工作量。目前没有这个制度设计，主要靠友情来维持，这不妥。

第六，关于研究生学制。各院系的情况不同，就人文学而言，2+3的直博生培养方式，不合适。一定要抢时间，也能抢出来；可人文学讲究的是"熏陶"和"养成"，急不得。变通的办法，就是把学生送出去，拖延一两年。我以为，目前北大执行的3+4，大致可行。我们愿意接受的是硕博连读，即选择优秀的硕士生，免去博士入学考试，但照样要求做硕士论文。为什么？因为从万把字的本科论文，到几十万字的博士论文，中间需要有个过渡。撰写硕士论文，是个很好的学术训练。

146.

最后谈两点个人的困惑。北大研究生的总体风格，是自信、大气、厚重，不汲汲于发文章。原先我念研究生时，导师教诲：多读书，勤思考，少发文章。20年前可以这样做，因为你的"厚积薄发"，人家承认。现在不行了，申请教职时，首先看你发了多少论文，在什么刊物上。这种大趋势，迫使我们调整培养方案。北大只是要求发文章，没有严令在什么刊物上发，这很好。其实，以后的压力，主要来自用人单位，因应这一变化，或许，以后我们得默许乃至鼓励博士生提前"批发"自己的毕业论文。

关于百篇优秀博士论文，如今成了各大学评比的重要指标。大家都很重视，因此，各种歪招邪招阴招都使出来了。不到处打招呼，根本不行；可要是这么做，你又觉得很掉份。目前的状态是，刚毕业不久，著作还没出版，一时分不出高下，只能凭已有的印象，或说客的三寸不烂之舌。若改隔年评选为毕业五年后再评选，那时，该冒尖的，也都冒出来了，学界已有公论，看得准，也公允些。我曾建议修改规则，可惜没人听。这事，说了等于白说；不过，白说也得说。

（此乃作者2009年5月8日在"2009年北京大学研究生教育工作研讨会"上的发言，初刊《社会科学论坛》2009年8期）

校友与大学文化

表彰杰出校友，为在校生树立榜样；建立校友网络，以备不时之需；募集办学经费，帮助母校发展……所有这些，人所共知，而且成了专门学问。"校友"与"母校"之间，有着千丝万缕的联系，既温情脉脉，也不无利害计较，如何妥善处理，值得深究。我想谈几点关于"校友文化"的想法，供各位参考。

第一，校友对于母校的贡献，兼及有形的捐款办学以及无形的精神支持。我们感谢那些慷慨捐赠者，但不希望对其他人造成严重的压迫感，以至逃避校友会的活动。过去走江湖卖艺的，总喜欢说：有钱出钱，无钱出力，没钱没力的，捧个人场。不失时机地为母校"叫声好"，这也是一种贡献。

大学最重要的工作是什么？是学术研究，更是教书育人。只是在目前的评价体系中，后者难以落实，前者则一眼就能看出来。当下中外各大学之"挖名角"，看重的都是教授的学术名声与科研成果，很少考察其教学成效，以及是否善待学生。其实，阔步昂首走出校门的毕业生（尤其是本科生），那是学校最大的财富，应给予充分的尊重。黄达人校长每年跟毕业生握手照相，连续四五天，很辛苦，但这辛苦值得。只是这"笑容可掬"如何维持四五天，我没有经验，无法体会。

说毕业生是我们"最大的财富"，那是文学语言，不是经济学术语，不能仅仅坐实为"募捐对象"。日后，学生在各行各业中，为社会作出了贡献，就值得母校骄傲。之所以这么说，是因为目前各大学之重视校友，多从"筹集经费"着眼。钱当然很重要，但不是全部的工作目标，甚至不该是"主旨"。否则，人家会说你这大学太没理想，"嫌贫爱富"。"爱富"可以理解，但"嫌贫"不应该。

第二，追忆青春岁月与制造大学声誉。凡谈大学的，大都有"追忆逝水年华"的冲动。只是"大学史"写作不易，往往顾此失彼，还弄出一大堆矛盾来。北大百年校庆期间，单是那宣传册子，照片上谁不上谁，讨论了多少次，最后还是没弄好。我回避"正史"，转而编选《北大旧事》及撰写《老北大的故事》，影响颇大；中大的老师于是恭喜，说你立功了。我直苦笑，他们不知道，那段时间正是我在北大最被"挤压"的时候。但这个写作模式，现在已被广泛采纳，单看坊间无数"老大学"书刊，以及凡办校庆典礼，在一大堆数字及领导人题词之外，必夹杂若干精神抖擞的"故事"，便可明白。

　　10年前，为《中华学府随笔·走进中大》（四川人民出版社，2000）写序，我追问为何我们追忆的，都是已经过世的老先生，难道我们这代人就没有故事可供后辈传诵？这不是一本书的问题，几乎所有"老大学的故事"，都不收"古稀以下人物"。其实，追忆过去的好时光，属于每代人，每一代大学生。正是这种对于母校的饱含真情的追怀——某种程度也是为了追念自己的青春岁月，很好地塑造了大学形象。我曾专门撰文，谈论北大学生之"五四记忆"，如何成就了北大的辉煌（《同学少年多好事——北大学生之"五四记忆"》），清华国学院能有今日的名声，也与众弟子的努力分不开。弟子们的贡献，包括日后各自在专业领域取得的巨大成绩，也包括对导师的一往情深，更包括那种强烈的集体荣誉感（《大师的意义以及弟子的位置——解读作为"神话"的清华研究院》）。因此，在学术史、在思想史、在教育史上谈"大学"，一定要把学生的因素考虑进来；学校办得好不好，不仅体现在导师的著述，更重要的是师生之间的对话与互动，以及学生日后的业绩与贡献，还有就是学生们对于母校的追怀，那是构成大学声誉的重要因素。

　　明年北大中文系将举行百年庆典，一系列活动中，包括编纂《我们的师长》、《我们的学友》、《我们的青春》等六书，讲述师长的故事，也讲述我们自己的故事。在我看来，校友会的工作，包括有意识地引导一代代的中大人，不断地谈论我们的校园、我们的师长、我们的青春……这种工作对双方都有好处，第一步是建立牢不可破的感情，而不知不觉中，你会有回报母校的冲动。

第三，请富豪为大学建大楼，这是传统的捐赠形式；还有一种捐赠值得关注，那就是捐学术讲座。这一捐赠形式的变化，基于对学术永久性的承认，当然也有钱的问题（相对于捐大楼，捐讲座较为轻松）。如果不打核战争，500年后，我想中山大学还在红红火火地发展，若你捐的讲座还在，那你的子孙后代肯定很得意。问题在于，如何让捐款人真切感受到如此善举的魅力，这方面，"仪式感"很重要。

募捐学术讲座或讲席教授，北大、中大等都在做，也有一定的成效。我有两点建议：第一，请校友捐助专门邀请"杰出校友"的讲座，定期聘请著名校友回去，为在校生做专题演讲，兼及精神鼓励、专业训练与社会网络；第二，这种高规格的学术讲座，不要长聘，而是短期。若北大的"叶氏鲁迅社会科学讲座"，3年一期，只能请已退休的，或者本校教授。

我首先想到的是香港中文大学的"钱宾四先生学术文化讲座"，此讲座由新亚书院创设的"新亚学术基金"支持，每年邀请世界杰出学者来院，作系统性的公开演讲，为期2周至1个月。第一届讲座由新亚书院创办人钱穆主持，至今先后邀请的21位讲者都是大名鼎鼎：如英国李约瑟、日本小川环树、美国狄百瑞、北京大学朱光潜等。在我看来，好大学都应该设立此类高水平的讲座。

北大也在学，但不太像，首先命名就有瑕疵，叫"叶氏鲁迅社会科学讲座教授基金"（香港叶谋遵先生捐资），不太好理解。鲁迅很伟大，但不做社会科学研究。你要不将讲座设在人文学科，要不就改叫"马寅初社会科学讲座"，那还差不多。就好像中山大学，如果有人捐赠"讲座教授"给商学院，千万别叫"陈寅恪讲座"，那样名不副实。

第四，"非著名"校友，怎样追忆？对所有校友一视同仁，那是理想境界，实际上做不到。校庆活动时，别让大家觉得你太势利，这就行了。反而是另外的问题，各校争抢著名校友，因建国前教授流动性大，很多大学校史提及的著名教授，都差不多。如鲁迅，北大、中大以及厦门大学都在说，而且各有各的说法。鲁迅在北大中国文学系讲"中国小说史"6年，那是我们的骄傲；可在京期间，他还在另外7所学校兼课，北大只是时间最长且讲授最为系统而已。在北大中文系教过书的很多，我们到底谈哪些著名教授，我定了个规则，只谈那些在北大教书时有重要著述的。比如，陈寅恪先生也在北大中文系讲过课，我们怎么能"拉大旗当虎皮"呢？陈先生前面是清华，后面属于中大。

重视著名校友，可也别冷落了"非著名"的校友。越不著名，越不能怠慢，因其容易受伤害。而且，今天是著名校友，弄不好明天就身败名裂，进监狱去了；而今日的"非著名"，说不定日后"发迹变泰"，为母校作出更大的贡献。尤其是学者，沉潜几十年，默默无闻，突然一飞冲天的，不是没有可能。借用毛泽东的诗句："风物长宜放眼量。"做校友工作，属于"长线投资"，切忌"短线操作"。

2002年，我在北京报国寺旧书市淘书，买到了一册《国立北京大学历届校友录》。那是1948年北大为纪念校庆50周年而编纂的，因正值解放军围城的关键时刻，加上校庆前两天，校长胡适又乘蒋介石派来的专机离去，因此，整个纪念活动虎头蛇尾，此书的流通也相当有限。对于触摸历史，理解大学的脉搏，这书很有用。建议中大借85周年的机缘，开始着手编"中大历届校友录"——如果嫌人数太多，可以分院系编辑刊行。其实，这也是在为中大百年庆典预做资料准备。

第五，"非典型"学生，有无名分。明年我所在的北大中文系将隆重纪念建系100周年。为了这百年系庆，我们组织了一系列活动，其中包括刊行6册纪念书籍，我想找一位系友题写书名。曾在耶鲁任教，现97岁高龄的著名书法家张充和说过："我考大学时，算学考零分，国文考满分，糊里糊涂就进去了，算学零分，但国文系坚持要我。我怕考不取，没有用自己的名字，而是用了'张旋'这个名字。"能请这么一位年高且风趣的系友题签，是再好不过的了。可翻开《北京大学中文系系友名录》，当即心凉了半截。因为，1934级并没有"张旋"这个名字。系友录的本科部分，是从北大档案馆里抄录的，一般不会出错——除非当事人"迟到"或"早退"。张充和正是这种情况，1936年便因病回苏州去了，

此后也没补念，故未见记载。好在找到了《北京大学周刊》第
110号（1934年8月25日），上面有《国立北京大学布告》，公布
北平考区录取新生名单，其中理学院93名，文学院103名（含试
读生二名），法学院30名（含试读生3名），共计226名。那两个
文学院试读生，其中一个就叫"张旋"。

　　一般来说，毕业的才算校友，可有些人没念完（比如比尔·盖
茨），怎么办？在北大，还有注册的"旁听生"以及不注册的"偷
听生"。在《老北大的故事》（江苏文艺出版社，1998）中，我谈
到"几乎所有回忆老北大教学特征的文章，都会提及声名显赫的
'偷听生'，而且都取正面肯定的态度"。具体的例证可以变换乃至
省略，但以下这段话，在我看来，至今依然有效："偷听生对于老
北大的感激之情，很可能远在正科生之上。尽管历年北大纪念册
上，没有他们的名字，但他们在传播北大精神、扩展红楼声誉方面，
起了很大作用。"

　　几年前，我曾应一位中大校友的邀请，为《北大边缘人》撰
写序言，书最后没出，序言倒是发表了（《北大边缘人》，《中华读
书报》2001年9月19日）。我们该如何看待那些没进"校友录"，
但又某种机缘曾在北大听过课的朋友？这回修订《北京大学中
文系系友名录》，我们补充了任课教师（教师若非本校毕业，严格
说来也不算"校友"）、在北大生活一年以上的进修生、旁听生或
留学生，还有特定年代的专修班。至于像张充和那样因战争或生

病而中断学业的，怎么处理，还在斟酌。今年刚在澳洲去世的大学者柳存仁先生，他1935—1937在北大中文系学习，抗战爆发后，北大南迁，他没去昆明，在上海光华大学借读，两年后取得北大文凭。那是有案可查的，故"系友录"有他。没能跟随北大南迁，因而中断学业的，还有一些。

第六，让校友活动成为大学生活的延伸。如何让社会上有权或有钱的"中坚力量"参加校友会的活动，而不仅仅是两头热（刚工作的或已退休的），是个难题。除了每年一次的大聚会，可以有各种灵活的举措，因人因时因地而异。这个工作一定要做细——美国的私立大学，新生还没入学，校方已经查过了三代。对于可能的捐赠对象，绝对不会放过。富豪的孩子还在上中学，这边已经磨刀霍霍，开始各种游说与动员。当然，私立大学和公立大学募捐方式不同。而且，我已注意到，北大、中大的教育基金会和校友会工作都做得很不错。

半个月前，我在香港校友会纪念85周年校庆活动中，谈及校友活动两头热中间冷，那也是我自己的苦恼。作为北京校友会长，同时又正在努力爬坡，如何兼顾两头，不容易。尤其是官员，如何让他们没有"后顾之忧"，不着痕迹地帮助母校？因为，做得太突出，担心人家批评你有"小圈子"，或任人唯亲。都是快退下来时，才比较敢放手帮助母校……

这方面，我希望倒过来做。大学努力为校友创造"终生学习"

的机会，让他们感觉到即便走出校园，永远都是中大的学子——比如，使用母校图书馆的权力、送专题演讲或文艺演出到各地校友会（就像这次香港校友会活动），还有就是及时向校友报告母校的成绩与困境等，让你感觉到，你与母校一荣俱荣一损俱损——至于募捐，尽在不言中。校友会的主要工作是服务，服务做好了，自然会有回报。最怕的是"无事不登三宝殿"，一开口就是募捐。好的校友会工作，应该是水过无痕。

下面提点小建议。第一，募款的事，最好有人专门做，不要谁都在说。这是门学问，要会说话、有信誉、肯下工夫，而且没有直接的利益关系。第二，提醒校友捐款，不要太生硬，要像春雨那样"随风潜入夜，润物细无声"。具体怎么操作？我想起了校友会刊物，能不能做成电子版，发给所有愿意要的校友？第三，各大学统计捐款时，往往只说"钱数"，其实还得看"人数"——到底有多少校友愿意参与，这很关键。小额捐款操作麻烦，但很重要，因其培养"心情"，或者说"捐赠意识"。我看《岭大校友》上面列了很多小额捐款，三百五百的，还有非常简便的捐款方式。如何让校友用最便捷的方式，为母校出力，这是评价校友会工作效率的另一指标。

（本乃作者 2009 年 11 月 12 日在中山大学首届全球校友会会长论坛上的演讲，初刊《南方都市报》2009 年 11 月 17 日）

上什么课，课怎么上？

　　在我看来，最近17年中国高等教育大跃进（1993年中共中央、国务院颁布的《中国教育改革和发展纲要》至关重要，可作为界标），利弊参半。至于发展思路，先是忙着盖"大楼"，接下来炒"大师"，现在是到了思考制度建设的时候了。一定要在"大楼"和"大师"之间PK，我只好选择后者；可实际上，比"大师"更重要的是"制度"。一所大学或一个院系，没有好的制度与风气，很可能日渐平庸乃至堕落。这个时候，即便储存若干真假"大师"，也都不顶用。中国大学目前仍然缺钱，但最大的制约，还是文化精神及制度建设。

　　不断有教育部官员和专家学者站出来，论证中国大学的急遽扩张如何合理，科研水平如何迅速提升，培养的博士又如何出类拔萃，让人不知道怎么说才好。作为"生产队长"，我们除了派工出活，还能做些什么？我的《中文百年，我们拿什么来纪念？》（《新京报》2010年10月9日）发表后，有好几篇回应，其中《中国青年报》的"冰点观察"很有意思："提及大学，人们往往比较关注校长。这固然不错，只是有时候未免忽视了更具知识分类学意义的系主任一职。这一职位，要求对本学科的内涵、谱系、格局都有通透的了解与思考。"（徐百柯《何为中文系 中文系何为》,《中国青年报》2010 年 10 月 13 日）当时看了，我既感动，又无奈。记者不知道，中国大学的院系领导，上不能抵制不合理指令，下不能解聘不合格教授，唯一能做的，就是调节上下左右高低雅俗等各种关系，发现问题实在太严重，赶紧踩刹车，如此而已。

讨论课程设计、课堂教学以及课前课后等，别以为"雕虫小技"，其实关系重大。去年，我曾撰写《知识、技能与情怀——新文化运动时期北大国文系的文学教育》（刊《北京大学学报》2009 年 6 期及 2010 年 1 期），谈及："作为知识生产的重要一环，古今中外的'文学教育'，相差何止十万八千里。这里有思想潮流的激荡，有教育理念的牵制，有文化传统的支持，此外，还有学校规模、经费、师资等实实在在的约束。不是所有的'柳暗花明'与'峰回路转'，都有必要大张旗鼓地讨论。但五四新文化运动前后，发生在北京大学的有关'文学'的课程、课堂、教员、讲义等的变革，却因牵涉极为广泛，深刻影响了此后的教育思潮及文化进程，值得认真辨析。"目前各大学中文系所传授的知识，不仅仅是"文学"，还有"语言"及"古文献"等，即便如此，思路还是一样——只有将课程、讲义与课堂这三者交叉重叠，互相映照，方能较好地呈现中文教育的立体图景。当初写这篇论文，目标很明确，首先是"考古"，而后才是"鉴今"。文章写完后，我一直在想，今天北大中文系的状态，有什么可以改进的。

先说"课程设计"。在《中文百年，我们拿什么来纪念？》中，我谈及学科体系的演进，举了一个例子："1915—1916年京师大学堂'中国文学门'的课程总共九门：中国文学史、词章学、西国文学史、文学研究法、文字学、哲学概论、中国史、世界史、外国文；而2009—2010学年第二学期北大中文系开设的研究生课程，总共是57门。"我特别说明，课程并非越多越好，必须重新评估。我的设想是：基础课别乱动，需要相对稳定，这不是为了老师讲授方便，而是为学生的未来着想。选修课则必须开放，让老师有尽可能大的表演空间，学生有更多自我设计的可能。可二者之间如何协调？本科、硕士、博士阶段课程有何差异？这些需要认真反省。依我浅见，目前盲目扩大选修课，增加本、硕、博的学分要求，不太合理。

我在台湾大学、香港中文大学讲课，发现他们的学生基本训练都不错。反而是北大中文系，学生水平很不均匀，常常是才气有余而训练不足，甚至到了博士阶段还在改病句，调注释。思维活跃，想法很多，初看才气横溢，细问不知所云，这样的学生，我戏称为"演讲综合征"。这跟我们的教学方式有关，越是名校，越是名教授，越不屑于"斤斤计较"，于是培养出一大批粗枝大叶但意气风发的学生。不止一个美国教授跟我感叹：听你们的学生发言，真是聪明；可到了写论文，为什么训练这么差？一开始，我以为是文化隔阂，后来才明白，确实是我们的问题。基于"精英"乃至"天才"的假设，我们认定学生都能无师自通，不必再练习"操正步"等小儿科的动作。因此，我们的选修课很多是表演性质的，听众只需观赏，不怎么介入，很轻松。教授们讲得酣畅淋漓，学生们听得如痴如醉——这样的课不能没有，但也不能太多。国外大学也有这类很叫座的大课，但大都安排博士生当助教(TA)，帮教授改作业、批卷子，组织本科生讨论，以此作为配合。我们没有，听了就听了，学分很容易拿。这一回"众声喧哗的中国文学——首届两岸三地博士生中文论坛"，内地许多名校的学生，表现远不及港台学生，我很纳闷。后来想通了，这就是注重"才气"与强调"训练"的差异。而这，与我们的课程设计和学分要求有关。

香港中文大学的研究生教育，专业课程很少（现在才逐渐增加），但有一门"讲论会"，不分专业，每学期必修。一学年中，你得提交一篇正式论文，口头发表并接受提问，最后是主讲教授的严格敲打与总结发挥。看同学怎么写论文，听教授的评审与建议，你会举一反三，见贤思齐。很多技术性问题，我在北大中文系论文答辩会上讲过多次，还没完全解决；而在香港中文大学，说一两次，就不会再出现了。天分有高低，能力有大小，但经过几年严格训练，走出去，就像模像样了。这大概是钱穆办新亚书院时留下来的制度，也是儒家讲学的传统。他们的问题是课程太少，学生眼界狭小；我们的问题则是忙着听演讲、修学分，训练不到位。中文系的课程，尤其是文学课程，是很容易瞒天过海的。这点，老师和学生都心里有数。

今年百年系庆，我谈及 1919 年对于北大中文系的意义，除了新文化运动，就是废门改系以及推行选课制。几十年间，关于到底该开设多少选修课，哪些必修哪些选修，哪些根本就不适合作为课程讲授，我们的认识，一直在变化中。对于院系来说，最值得关注的是课程设置，因它直接体现我们的学识、眼光、责任与情怀。

理论上，每门课都重要，不该厚此薄彼；可实际操作中，不能不有所侧重。优秀教师就那么多，不可能包揽全部课程；再说，不怎么优秀的教师，你也得给他 / 她排课。如何排兵布阵，以达到扬长避短的效果？主要精力到底放在刚入学的本科生，还是毕业论文指导，抑或研究生培养？通识课放在什么位置，专业课与平台课的关系，所有这些都值得深思。而更重要的是，如何调动教师们讲课的积极性。

第二，我想谈谈"课堂教学"。在不久前完成的《"文学"如何"教育"——关于"文学课堂"的追怀、重构与阐释》中，我提及：从学术史角度，探究现代中国大学里的"文学教育"，着眼点往往在"课程设计"与"专业著述"，而很少牵涉师生共同建构起来的"文学课堂"。那是因为，文字寿于金石，声音随风飘逝，当初五彩缤纷的"文学课堂",早已永远消失在历史深处。后人论及某某教授,只谈"学问"大小,而不关心其"教学"好坏,这其实是偏颇的。对于学生来说,直接面对、且日后追怀不已的,并非那些枯燥无味的"章程"或"课程表"(尽管这也很重要),而是曾生气勃勃地活跃在讲台上的教授们。单有演讲者的"谈吐自如"还不够,还必须有听讲者的"莫逆于心",这才是理想的状态。20世纪中国的大环境、此时此地的小环境,加上讲授者个人的学识与才情,共同酿造了诸多充满灵气、变化莫测、让后世读者追怀不已的"文学课堂"。我的论文选择九个片断,略加铺陈,在"重构"中隐含"阐释",探讨何为"理想的文学教育"。

这文章写了三年多,也在好几个地方演讲过。之所以如此长久酝酿,认真撰写,不断充实,一是基于自家著述的需要(参见北京大学出版社刊行的拙著《作为学科的"文学史"》),二是深感当下中国大学的教学很成问题。

《中国青年报》2010年11月6日发表《部分大学课堂师生心照不宣一起混》,称:"高校对教师的考核重在学术研究,上课只是为了完成相应的工作量,于是在课堂教学中,教师所投入的精力便十分不足。由于课堂缺乏吸引力,学生感觉学不到什么东西,但该走的形式又必须走,因此上课便成了走过场。"问题是提出来了,可怎么办?后面开出的药方并不高明:"要想改变这种状况,首先必须调整学校管理模式,避免行政对学校办学的干扰,在此基础上，推行学术自治、教授治校……"

目前中国大学的困境，不是一句"教授治校"就能解决的。在我看来，教授不把教学当回事，有很多因素。我在好多国家及地区的大学教过书，中国大学（起码北大如此）对教学的要求是最宽松的。制度不严是一方面，更重要的是，教授们对作为整体的"学生"不够尊重——某种意义上，那可是我们的"衣食父母"。有的学校课太多，教师忙不过来，没办法，只好放羊；重点大学一般不是这样，主要还是制度设计以及老师们的心态。

院系一级的管理，最困难的是教学、科研以及社会服务，到底该如何核定。没有具体要求，则一盘散沙；规定过于僵硬，又恐怕窒息活力。作为大学教师，你只能要求一定的课时量；至于教学态度及效果，很难评断——尽管教务部门每学期都组织学生打分，但这不一定准确。为北大中文系百年系庆，我们编《我们的青春》等六种纪念文集，选文时，看到好些系友的批评，有的话说得很难听。除了对教师们的讲课不以为然，老生甚至向新生传授经验，说你在北大中文系念书，要想毕不了业，那是很难的。当初老师们好心，不愿为难学生；可你知道学生们在背后以及事后是如何埋怨的吗？

我在哈佛大学遇见一位从法国转学过来的台湾学生，她已经在巴黎某大学念了三年，为何还转学，家长给出的解释是：孩子并非天才，还是在严格要求的美国大学念书比较放心。大学教育的宗旨不同，有主要针对"中才"的，也有虚位以待"天才"的。如果是精英教育，更多地强调宽松的学术环境；如果是大众教育，则必须突出规章制度。可最近十几年，在中国，与高等教育大跃进并存的，却是大学越来越不敢严格要求学生。统计一下马上就明白，每年有多少大学生无法准时毕业，有多少博士研究生没拿到学位，淘汰率如此之低，你以为是中国大学的教学水平迅速提升，不是的，是大家心照不宣，以"不出事"为最高原则。只要能将学生平安送走，就万事大吉了，质量差一点无所谓。

这涉及课到底该怎么上的问题。以前有严格的上岗培训，还有老教师带新教师的制度，现在注重科研，把教学看得很轻，明知这是大问题，可被轻轻地放过了。中小学有教学观摩，也讲教学法，可你要是在大学这么做，会被嘲笑的。但如果就此认定，大学课堂上，就是"八仙过海，各显神通"，爱怎么讲就怎么讲，似乎也不对。课讲得不好，有人是不认真，有人则是没经验。举个例子，现在很多大学开讨论课（Seminar），老师们就知道安排学生发言，自己简要评说几句；至于如何组织课堂，进行有效的教学活动，并没有很好的计划。其实，每个开设讨论课的教授，都应该对讨论课的渊源、宗旨以及技巧，有大致的了解与掌握。否则，教师不知道如何用力，学生又误以为你偷懒，课堂变得毫无生机与激情，还不如原先的"演讲式"教学。我在德国海德堡大学跟瓦格纳教授、在美国哈佛大学跟王德威教授各合作开过一门课，知道他们上 Seminar 时很用心，花很多时间，学生也确实有收益。

第三，关于"课前课后"，这就更难说了。一些西南联大老学生回忆沈从文讲课，课上并不精彩，课后聊天则让学生收获很大。经常跟学生（主要是研究生）一起读书，讨论学问及人生，这样的教授，当然值得表彰；但按照目前的制度设计，这课前课后的活动，不算科研成绩，也无法计时报酬。这就导致很多教授一下课就不见踪影。你不能批评他 / 她，因为没有硬性规定，总不能要求老师们打卡坐班？但我们是否可以借鉴国外大学做法，设立教授与学生面谈时间（office hour），让学生们有机会直接向任课教师请教并深入交流。以前教授们没有独立的研究室，做不到；现在很多大学建起了新大楼，地方宽敞了，设不设立 office hour，或者说师生间习惯不习惯借助某种形式加强沟通与对话？如果没有这种"面对面"，那上大学岂不跟远程教育差不多？我知道国内有的大学试行过，但学生不来，形同虚设。可有这个制度比没有这个制度好，起码能帮助那些一心向学的人。大学迅速扩招，直接导致师生之间距离拉大。之所以强调师生比，就是为了变"遥望"为"亲炙"，让"因材施教"得以真正落实。

最近这些年，评奖越来越多，考核越来越密，可对于教学，我们能做些什么？不仅看"课上"，还看"课前课后"；不仅算课时，还算教学效果；不仅有制度约束，还得有精神提奖。而这背后，涉及我们对"大学"的性质、功能、责任的理解，并非排课、上课那么简单。

2010 年 11 月 22 日于香港中文大学客舍

（此乃作者 2010 年 11 月 28 日在全国重点大学中文发展论坛第12 次会议上的发言，初刊《中国大学教学》2011 年 2 期；《教育科学文摘》2011 年 4 期转载）

大学：如何"宁静"，怎样"致远"

　　暨南大学提出"宁静致远工程"，得到广东省领导的赞许，省教育厅更是以此为契机，召开"高等学校教师专业发展与队伍建设"学术论坛，这是个好兆头。可道理人人明白，关键在落实。为了"鼓劲"，也为了"补台"，我谈以下三个问题：第一，在校长与教授之间；第二，如何看待学术评估；第三，怎样善待年轻学者。

一、在校长与教授之间

　　暨大人事处来信，说在网上查阅了我的言论，发现跟他们校长的思路以及"宁静致远工程"宗旨接近，于是邀请我来论坛做一主旨发言。为了表示是做了功课的，随信附录了他们辑录的"陈平原言论"。我很好奇，看看自己的"言论"是如何被摘编的。十几段文字，前两段出自《人民日报》2010年10月27日的《人文学者不可丢"三气"》。先是："学问不是评出来，而是做出来的，是经过 20 年、30 年、40 年，心甘情愿坐冷板凳、呕心沥血做出来的。……大家现在被各种评比、评奖、评估搞得鸡飞狗跳，根本无法静下心来潜心学问。这很可惜。"后有："一所大学或一个院系，要有意识地培养几条'大鱼'。对于那些有个性、有才华、有脾气的好学者，要让其山高水长自由发展。"

其实，在这两段文字中间，还有一段话，也很重要——"作为系主任，我的基本原则是：为中才立规划，为天才留空间。好的教授视学术为生命，根本用不着催促；有的老师，或因能力限制或因健康原因，或对学术根本不感兴趣，再催也没用。但中间这一大块，若有合理的评估体系及奖励机制，能做出更大的业绩。所以，最重要的是调动中间这部分老师的积极性。"若拉下这一段，好像我完全否定任何学术评估。那样决绝的姿态很好看，但不是我的原意；我批评的是目前中国的评估体系及奖励制度。朋友们嘲笑我当了系主任，立场有所变化，以前根本看不起"科研项目"，反对"数字化管理"，现在也得鼓励教师积极申请国家社科基金及教育部课题，甚至对教学及科研提出一定的量的要求。我的回答是：屁股决定脑袋，不在这个位子上，站着说话不腰痛。作为教授，你只管做好自己的学问，不必也不该太看重评估及奖励；作为系主任或校长，则不能完全漠视各项学术评估。

正因为当了几年系主任，深知校长们的压力。你上百度百科检索"香港中文大学"，吹嘘有几位诺贝尔奖获得者，一看就是校方直接制作或提供资料。接下来的叙述很有趣——"2011年9月，国际高等教育研究机构QS发布2011年世界大学排行榜，香港中文大学较2010年再升5位，位列世界第37名，继续处于内地名校北京大学、清华大学之前。2010年'泰晤士报高等教育特刊'世界大学排名中，香港中文大学较2009年上升4位，位列全球第42名。"有心人马上发现，这资讯残缺不全，一个2011、一个2010？为什么？原因是2011年"泰晤士报高等教育特刊"的世界大学排名中，香港中文大学的排名由42急速坠落，变成151。本想特立独行，不提交资料，不参与排名，可前一年上升4位沾沾自喜，如今一跌就是一百零九，你怎么跟校友解释？我赞同学校的理念，可也理解校长的难处——还没到哈佛、耶鲁的地位，无法拒绝这些明知缺陷多多的游戏。校方只好一方面安排沈祖尧校长发表《别让"排名"排挤掉大学的首要使命》(《人民日报海外版》2011年7月1日)，另一方面悄悄准备资料，争取明年名次回升——请问，此外你还有什么更好的办法？

教授可以说"风凉话"：大学排名毫无意义，排名高低跟我没关系！校长可就不敢这么说了。对于大学排名以及学科评估，所有的大学校长都是又爱又恨。名次下降则抱怨，名次上升则引用——若真有本事，应该是"也无风雨也无晴"才对。院系领导也一样，明年进行全国第三轮学科评估，若是你领导的院系在全国排名急剧下降，你真的能"风雨不动安如山"？

最近这十几年，我写作并出版了几本关于大学的书籍，不少大学校长读过，其中有一位很诚恳地告诉我：你说得很好，可惜你没当过校长。我明白，这话既是表扬，也是批评——潜台词是，大学校长的苦衷你不了解。我想这是真的。可书生议政，只能谈自己了解且有把握的话题。我不是大学校长，也不是国务院总理，你要求我说话像校长，或从国务院的角度来考虑问题，那是不对的。各自明白自己的位置，说自己想说的话，能说的话，该说的话，这社会才能健康发展。

十几年前，谈及大学史的写作，我说道："大学主要由三部分人构成：学生、教授、校长（及其代表的管理层）。三者的知识背景及文化立场不同，其利益往往互相冲突，发生摩擦在所难免。"（《大学史的写作及其他》，《读书》2000年2期）8年前，北大酝酿人事制度改革，我又谈及"屁股"如何决定"脑袋"："你以前可能是很好的教授，可你当了校长、部长、院长，屁股决定脑袋，思考问题时，必然注重行政管理。不是谁对谁错的问题，应该承认各自利益以及立场的差异，这样才有对话与协商的必要。"（《大学改革，路在何方？——"大学改革座谈会"发言整理》，《读书》2003年9期）其实，校长与教授之间意见不一致是正常的，关键是找到合适的对话途径以及利益重叠的地方。

校长是任期的，教授是终身的（即便退休，也可继续做研究），这就决定了前者需要阶段性业绩，后者更倾向于可持续发展。既反对管理层拼命催肥，竭泽而渔，也不能让校长老是两手空空，无法向上级以及热心的校友交差。教授与校长之间，需要互相磨合，共谋出路。

为什么要说这些"闲话"？就因为在我看来，一所大学的校风是否"正"，能否"宁静致远"，关键不在教师，在领导。单有理想还不够，还得考虑可操作性，以及能够承受的压力。当校长的都明白，此举从长远看很好，但短期内很可能影响大学排名。人家急功近利的，数字好看，排名上去了，吃香的喝辣的，你却只有在江湖上收获"及时雨"的好名声——说不定还因此限制了仕途，你顶得住吗？想清楚了，不管别人怎么骂，也不计一时之得失，"肩住了黑暗的闸门，放他们到光明的地方去"（鲁迅《我们现在怎样做父亲》），这才可能闯出一片新天地。

二、如何看待学术评估

凡在大学教书的，大概都承认，最近这20年，我们的收入在提升，我们的压力也在增大。以前只要教好书，论文写多写少，出版不出版，关系不是很大。现在不一样了，要是评估不过关，轻则降级，重则解聘。其实，香港也是这样。在香港科技大学创立之前，香港的大学教师是比较悠闲的；自从放进科大这条"鲶鱼"，真的是搅乱一池春水。香港政府将香港的大学分为教学型与研究型，三所研究型大学（港大、中大、科大）的教授需要多发论文；可教学型大学不甘示弱，也对教师提出严苛的要求。换句话说，香港及台湾的大学，较早引进美国大学的管理制度，学术评估已成常态，且做得比较规范。此举有好有坏——好处是研究业绩迅速提升，缺点则是教学明显受到冲击。

1998 年 5 月，江泽民主席在北大百年庆典上讲话，代表中国政府明确提出建设世界一流大学的宏伟目标。摘掉意识形态保护伞（此前的口号是"创建世界一流的社会主义大学"），意味着参与激烈的国际竞争，用哈佛、耶鲁、牛津、剑桥的眼光来看北大、清华。此后次第展开的"985 工程"等，政府在给钱的同时，也让在岗的大学教师感觉到越来越大的压力。到目前为止，中国大学仍在改革途中，tenure 制度尚未真正建立，很少解聘不合格者，但学术评估及奖励体制的引入，还是促进了教师的科研热情，大大提升了中国科研论文的生产力。英国皇家学会今年 3 月 28 日发布题为"知识、网络、国家：21 世纪下的全球科技合作"的科技调研报告，称中国有望在 2013 年取代美国，成为世界上科技出版物数量最大的国家（参见《英报告称中国将于 2013 年超美国成超级科研大国》，《环球时报》2011 年 3 月 29 日）。而中新社北京 12 月 2 日电：中国科技论文统计结果 2 日在京发布，2001 年至 2011 年中国科技人员发表国际论文数量为 83.63 万篇，升至世界第二位，"高被引"论文数量首次超过日本。此类的好消息还有很多。可从事专业研究的人都明白，数量与质量并不同步；我们之所以突飞猛进，得益于人口多，投入大，加上数字化管理模式。

科研论文的"量"是上去了，"质"则不是很理想。谈论科研成果，除了经费、热情、干劲，还有学术积累以及制度建设。而后两者的制约更为深层，不是短期努力就能解决的。单看论文数字，北大、清华与世界一流大学越来越接近，可内行人都明白其中的差距。记得六年前香港科技大学丁学良教授发表"中国合格的经济学家不超过五个"的高论，引起轩然大波。丁的解释更是让人沮丧："我认为，是否是真正意义上合格的经济学家，可以按照香港科技大学评定副教授的要求来衡量。我不是按照国际排名前10位的经济学系的要求，也不是按照终身教授的要求，这样不至于高得离谱，因为我们谈的是华人社会里的经济学家。"（参见《丁学良：什么是合格的经济学家》，《南方周末》2005年12月8日）无独有偶，饶毅2011年8月15日在博客文章《减少中国科学界浮躁的一个必要步骤》（http://blog.sciencenet.cn/u/饶毅）中，谈及中国生命科学这二十年的基本情况："国外做过博士、博士后，回国立即做正教授，再做一两篇Nature、Science、Cell，或者几篇同领域最好杂志的论文，就可以做院士。科学程度一般（不是所有人）到此为止。也就是说，在国际优秀大学晋升副教授的时期，在中国可以做院士。而中国做了院士以后，各种事情又多起来，做科学的时间减少。如此造成中国比较好的科研人员的科学活跃期结束比较早。"这两个专业都是我不懂的，可看他们如此评说中国学界，心里很难受。各大学各院系的情况不一样，但即便人文学科，我们私下里也承认，与美国一流大学差距很大。北大有个不成文的规定：你若能在美国一流大学获得正式教职（即便是教中国文学或中国历史），回来自然升一级——助理教授升副教授，副教授升正教授。国内其他大学，大概也都如此办理。这不等于公开承认，人家的学术水平明显比我们高？

当下中国学界，正从追求规模逐渐转向强调质量。在我看来，关键在于努力改善学术评估方法。当领导的，起码可在下列问题上有所作为：一是积极参与修订各种学科评估体系；二是制定高低软硬恰到好处的内部标准；三是鼓励投稿好杂志，但拒绝钦定"顶级学刊"；四是守住底线，同时为特异之士保留自由活动的空间，且随时准备因天才出现而修订规则。

三、怎样善待年轻学者

关于大学管理，我有四句话：第一，展示愿景——让老师们看到国家的、大学的以及自己的前途；第二，了解自家人——切忌引进未必精彩的女婿，而气走好几个能干的儿子；第三，明确自家位置；第四，善待青年学者。这里就谈后两点。

鼓励学术竞争，这本是好事。可悬得过高，达不到，容易造假，

174.

或养成急功近利、喜欢吹牛的坏毛病。最近，某著名大学聘请讲座教授，要我帮助判断"被评价人在其学术领域的国际排名"：前5名、前10名、前20名。我知道，若钩第三等级，大概就没希望了。可国际排名前5，那是什么感觉？我哪敢随便下笔。也是最近的事，北大中文系招聘青年教师，学校有关部门领导追问：你能否保证此人5年内成为本领域全国前3名。我拒绝了。人家说我傻，你先答应下来，5年后，谁还记得这话？再说，那时你和他都不在这个位子上，谁来负责？可这不符合我的性格，实在说不出口。什么叫"前3名"，怎么评定，那些40以上的副教授、教授全都不做学问了？

我帮美国哈佛大学遴选讲座教授写过推荐信，除了综合评论，没问我此君的国际排名，只是列出4个他们认为大致同级别的教授，让我比较各自的长与短，说明为何推荐此君而非彼君。我也帮香港科技大学晋升教授作鉴定，最后一项是比较，这位候选人比你最近参加评审且通过的北大或台湾"中央研究院"的正教授如何。这样的提问很具体，也很实在，我能回答；至于国际或国内排名，我不懂，也不相信。

中国大学还没好到那个程度，前些年有大学炒作，愿出多少钱聘请诺贝尔奖获得者，结果当然是落空。北大设立讲席教授，年薪60—80万，开始以为很有诱惑力，联系多位国外著名教授，都不成功。因为，这不仅仅是钱的问题。了解中国大学的整体实力，明白自己大学的真实位置，理解现有的教师队伍以及制度，设计合理的工作目标，脚踏实地去做，而不是拔苗助长，追求"大跃进"的效果，那样的话，中国大学才有希望。

可如今，几乎所有中国大学都在吹牛。记得某名校历史系规定，博士生必须在《历史研究》上发论文，才能给博士学位。《历史研究》一年总共发多少篇文章，照此要求，全被这学校包圆儿了。即便是训练有素、颇具创见的教授，一年能写一两篇好论文就不错了。而且，并不一定要发在《中国社会科学》或《文学评论》上。眼下中国各大学明码标价、真金实银地奖励老师们在"顶级学刊"发论文，其实是不自信的表现。这还不说只讲论文而不论教学质量，明显扭曲了大学的职责及精神。

由于排名的刺激，各大学都在争抢"大师"或"明星学者"。而对于刚出道的青年教师，则不甚关心，当廉价劳动力使用，且提出不近情理的考核标准。又要马儿不吃草，又要马儿跑得快，哪有这样的好事？

不久前我在纽约大学演讲，谈及转型期中国学界最受伤的是人文学，尤其是从事人文研究的青年教师。"以项目制为中心、以数量化为标志的评价体系，社会科学容易适应，人文学则很受伤害。从长远看，受害最严重的是从事人文研究的年轻学人。稍微年长的，或足够优秀，或'死猪不怕开水烫'；40岁以下的副教授或刚刚入职的青年教师，一方面有朝气，还想往上走，不愿意就此停下来，另一方面呢，学校压给他／她们的任务比较重，因而心力交瘁。人文学需要厚积薄发，很难适应眼下早出活、快出活、多出活的'时代潮流'，这就导致那些愿意走正路、按老一辈学者的方法和志趣治学的年轻人，容易被边缘化，甚至被甩出轨道。"(《人文学之"三十年河东"》,《读书》2012年2期)

　　各大学的"高标准严要求"，使得年轻学者全都手忙脚乱，心气浮躁，根本没有时间想问题或从容读书。我再三向北大校方提议：善待40岁以下的年轻学者。记得我们当年刚留校，系里给一学期时间，让你好好听课、备课。这都是"从长计议"，不像现在，巴不得你今天报到，明天就走上讲台。再好的苗子，也得用心栽培，休养生息，才能长成参天大树。若都急功近利，会出大问题的。非常希望暨南大学真能落实此"宁静致远工程"。这样做，暂时效果并不好，但十年后，定然大有收获。

　　我在北大读博士时的导师王瑶先生早年从事中古文学研究，特别喜欢《世说新语》，日常生活中也擅长提炼各种"隽语"。比如，他在政协会上有一名言——说是当了政协委员，"不说白不说，说了等于白说"。这话太悲观了，于是有人给添上一条光明的尾巴——"白说也要说"。关于当代中国的"大学"问题，我也持此态度。

2011年12月11日初稿，19日改定

（此乃作者 2011 年 12 月 16 日在广东省教育厅和暨南大学联合主办的"高等学校教师专业发展与队伍建设"学术论坛上的主旨发言，初刊《同舟共进》2012 年 2 期）

中原崛起，何处是短板

全球化时代，各国之间在经济、军事、政治上的竞争显而易见，不仅被政论家们挂在嘴边，也是平民百姓茶余饭后的最佳话题；至于教育、文化、思想的竞争，则相对隐晦多了，必须高屋建瓴，深谋远虑，且有一定的知识储备，方能看得清楚。"中华民族伟大复兴必然伴随着中华文化繁荣兴盛"这句话，可以解读为：只有"中华文化繁荣兴盛"，才能真正落实中华民族复兴的伟大使命。从前年六七月间中共中央、国务院发布《国家中长期人才发展规划纲要（2010－2020年）》《国家中长期教育改革和发展规划纲要（2010-2020年）》，到去年的《中共中央关于深化文化体制改革推动社会主义文化大发展大繁荣若干重大问题的决定》，明显突出了中央政府执政思路的转变——由关注温饱、小康、经济腾飞，转为"增强国家文化软实力"。

从30年前的思想解放，到20年前的经济大潮，再到今天的文化革新，如此政治—经济—文化三部曲，依次推进，可谓水到渠成——终于，文化不再只是"搭台"，也能参与"唱戏"，而且还要挑大梁、唱主角。《决定》所说的"繁荣发展哲学社会科学"、"推出更多优秀文艺作品"、"建设优秀传统文化传承体系"、"推动中华文化走向世界"等，正是我等文科教授平日孜孜以求的目标，如今上升到国家战略，自然十分兴奋。

大概正是为了因应此潮流，第二届"中原经济区论坛"居然邀请像我这样既非腰缠万贯、也非经管出身的人文学者前来"坐而论道"。这么说，没有任何争风吃醋的意思——既然是"经济区"，当然是"经济优先"。只是在读《国务院关于支持河南省加快建设中原经济区的指导意见》时，发现第八部分"弘扬中原大文化，增强文化软实力"有四则与我的专业相关：第36"提升中原文化影响力"、第37"促进文化产业大发展"、第38"提高人力资源开发水平"、第39"塑造中原人文精神"。虽说排名很靠后，毕竟可以"共襄盛举"了。

任何组织或机构，要想大有作为，不外"扬长"、"避短"两种策略。同样是提意见出主意，说"扬长"，主客均意气风发，浓墨重彩；谈"避短"，则必须小心翼翼，因为，不太好听的话，即便你点到为止，人家也都点点滴滴在心头。好在我无权无势，说出来的话，可听可不听；因此，不必绕弯子，借用那么多"然而"来转圜，完全可以单刀直入。

说"中原一定会崛起"，没人反对；说"中原崛起指日可待"，我又有点犹疑。问题在于"崛起"这词,可意会,也能言传,但经不起仔细推敲。举个例子,河南省2010年度的人均GDP为3530美元,2011年度为4446美元,增加了四分之一,了不起。你说这算不算崛起?当然是崛起。可换个角度,数量增长了,在全国排名却降低——从2010年度的第21位降到2011年的第22位。也就是说,谈"崛起"与否,离不开大环境。你不能想象其他省市全都躺在床上睡大觉,只有河南人民在战天斗地奋发图强。当然,人均收入超过4000美金,对于一个国家或一个地区来说,均属于发展的"关键时刻",具备各种可能性。这个时候,既可以谱写宏图,也必须认真思考,谨慎应对各种机遇与挑战。

轮到我上场,"好话"都被前面的嘉宾说完了,不妨换一种思路,帮助挑挑刺,提醒执政者,有可能妨碍中原"成功转型"、"可持续发展"或"迅速崛起"的,到底是什么因素。任何一个省市,都可总结出铿锵有力的十大优势,河南自然也不例外;可冷眼旁观,我并不认为河南在思想观念、科技水平、经济实力方面,在全国占有特别的优势。唯一说出来不脸红,外人也不敢反对的,一是"历史悠久",二是"文化灿烂"。别小看这八个字,在中华民族追求"文化复兴"的时代,这可是了不起的资源——虽说属于"潜力股",不能马上兑现。

有什么办法可以使得曾经无比辉煌的"中原文化"重新焕发生机与活力?就看你长线操作还是短线操作。立竿见影的,有旅游开发、表演市场、创意产业；至于教育，则只能"路漫漫其修远兮，吾将上下而求索"。谁都明白，教育很重要，但这属于"战略性投资"，短期内无法回收。必须是有责任心且有远见的政治家，才会对这种"前人种树后人乘凉"的事情感兴趣，才肯在这方面下大工夫。

在一个不太富裕的省份，鼓吹花大价钱办教育，这是不是痴人说梦？我之所以如此立论，是受以下这段话的诱惑："教育是基础，教育是支撑，教育是民生，教育是后劲，教育是形象，教育是未来，要持续提升认识，持续拓展思路，持续强化保障，以更加努力、更加振奋的精神，不断推动河南教育事业的发展。"这话谁说的？河南省委书记卢展工，见《首届中原经济区论坛演讲集》第 65 页（河南人民出版社，2011）。多年写书撰文，这可是我第一次引用现任政府官员的话，一是因这话很精彩，值得引述；二是立此存照，希望督促落实。

我之关注"大学教育"，虽然也多有著述，但侧重"历史、传说与精神"，不太看各种统计数据。为了参加此次论坛，翻阅人民出版社 2010 年版《创新型河南建设与高等教育战略转型》（严全治、张社字等著），里面有两段话让我如坐针毡："1995—2007 年河南省的每万人口普通高校在校大学生数始终处于中部六省中最为落后的地位，各年的数值均低于中部六省的均值"（63 页）；"在每 500 万人口拥有普通高校数量的排名中，我省在全国倒数第二位"（67 页）。在我心目中，河南应该是文化大省、教育大省才对，怎么会沦落到如此地步？

　　除了大学少、毛入学率低，河南高等教育还有一个致命的缺陷：一亿人口的大省，居然没有一所国内一流大学。比起周边省份的中国科技大学、武汉大学、华中科技大学、湖南大学、中南大学来，河南唯一挤进"211 工程"的郑州大学，也不具有优势。去年十月，我与河南大学合作，召开"开封：都市想象与文化记忆"国际学术研讨会，方才得知这所曾经声名显赫的大学，不要说"985"，连"211"都没进去。在学界工作的朋友都明白，进不了"211"，意味着这所大学的教授与学生，要想做出好的业绩，必须付出加倍的努力。作为一所百年学府，1952 年院系调整后，河南大学一落千丈，此后历经沧桑，几多沉浮，最近二十年虽处上升通道，仍未能重现曾经的辉煌。据《河南大学校史》（河南大学校史编写组，开封：河南大学出版社，2002）称："1944 年，经国民政府教育部综合评估，河南大学以教学、科研及学生学籍管理的优异成绩，被评为全国国立大学第六名"（173 页）。一次评估不太说明问题，但民国年间的河大，在全国学界的影响力，确非今日的河大所能比拟。

　　读蒋笃运主编《21 世纪河南高等教育发展战略研究》（北京：高等教育出版社，2002），看河南的学者们如何深入剖析河南高等教育的历史与现状，理解其忧心如焚，也明白其为何无能为力。

说实话，穷省办大教育，确非易事。好在10年后的今天，河南经济实力大增，迈过了小康的门槛，又适逢国家推动文化"大发展大繁荣"的绝好时机，主事者得以从战略的高度，反省河南的高等教育问题。

国务院批复加快建设中原经济区，指导意见中有"支持郑州大学和河南大学创建国内一流大学，将符合条件的高校纳入'中西部高等教育振兴计划'"，可这仅仅是第38则"提高人力资源开发水平"的一个小点。政府工作报告在文体上有一大特征，那就是"面面俱到"。提及了的，不一定重要，更不保证落实。值此"中原经济区"意气风发的时刻，主政者压力很大，必须赶紧出成果，出能够看得见摸得着的成果。越是这个时候，越得有大视野，有长远规划，特别忌惮急功近利。从教育出手，变化是慢了些，但对于一个人口大省来说，有什么比民众的"教育"及"素质"更重要？在我看来，有什么样的"人力资源"，就有什么样的未来。恕我直言，若河南的大学起不来，"中原崛起"便缺乏坚固的支撑——我说的主要不是科学与技术，而是思想、文化、精神。某种意义上，专利与技术，有钱就能买到；至于一地之风气、民众的素养，很大程度靠学校（尤其是大学）来培育。

抗日战争中，在最艰难的时刻，原清华大学校长、时任西南联大三常委之一的梅贻琦，在《清华学报》13卷1期（1941年4月）发表《大学一解》，其中提及大学的功用："一地之有一大学，犹一校之有教师也，学生以教师为表率，地方则以学府为表率，古谓一乡有一善士，则一乡化之，况学府者应为四方善士之一大总汇乎？"今日中国大学不尽如人意处多多，但这不应该成为拒绝发展或提升高等教育的理由。

我当然知道"中原崛起"有很多表征，比如经济繁荣、民生改善等；但发展生产，提升人均 GDP，说到底还是为了让老百姓生活得更滋润，更优雅，更有幸福感。而补上"大学"这个短板，对于河南来说，可兼及物质与精神，且比较具有可操作性。

办大学的目的，不仅是出人才，出成果，更是出精神，出气象。大学的多与少、高与低、好与坏，不仅关乎劳动力素质，还牵涉河南的文化形象。让更多的中原子弟知书达理，走出去，有文化、有信誉、有尊严、有精气神儿，这比什么都重要。只有到那个时候，所谓"中原崛起"，才算是真正实现。

很抱歉，当嘉宾而没能出好主意，帮主人"多快好省"地赚大钱，还指出河南高等教育资源严重短缺，建议领导多多关注，这明摆着是要掏主人的钱袋子。好在我并非出于私心，没有为自己服务的大学募捐，故若言语唐突，请各位多多谅解。

（此乃作者 2012 年 3 月 25 日在第二届"中原经济区论坛"上的
主题演说）

附记

2012 年 3 月 25 日，以"华夏历史文明传承创新"为主题的第二届中原经济区论坛在郑州国际会展中心举行，我有幸成为四嘉宾之一，作题为《中原崛起，何处是短板》的主题演讲。会前一天，主办方找我商量，问能不能改个题目，显得喜庆一点？我犹豫了一阵子，勉强同意了。可一个小时后，又得到通知——尊重我的立场，题目不改。

正式发言时，我加了个帽子："作为学者，我知道自己的位置、价值以及局限，官员知道的、媒体能说的，不必我来背书。既然有机会说话，就希望说真话，说经过认真思考、有一定信息量的话——不管是好话坏话、主人爱听不爱听。今天演说的题目或许不讨好，可却是认真准备、精心选择的。"事后，主办方告诉我，省委书记卢展工等并没有表示不悦，看来是他们多虑了。

第二天（3 月 26 日)，河南的两家主要报纸《河南日报》和《大河报》，都摘要报道了我发言的内容。前者题为《历史和文化是河南了不起的资源》，后者则是《中原崛起短板是教育》。作为省委机关报，《河南日报》的标题很有技巧，可见其良苦用心。这篇报道竟如此开篇："虽然早已过了知天命之年，北京大学教授、中文系主任陈平原身上的'少年意气'与'家国情怀'始终不曾衰减。

陈平原说过这样的话：'人文学者不能丢掉"三气"——志气、意气和豪气'，'大学学人应拥有自己的独立人格'，这使他始终保持了令人敬仰的学人风范：自抑不卑，自矜不亢，坦荡磊然，有君子之态。"显然，记者及总编均认可我的表现，没嫌我添乱，这点，让我很是得意。

其实，既然是"论坛"，就应该敞开心胸，说真心话。至于主事者，你可听，也可不听。学者的价值，不正是独立思考吗？可能高瞻远瞩，也可能认识偏颇，或表达欠妥。如果学者跟政府的思路完全一样，只是请来"背书"的，那可真是"浪费才华"、"有辱斯文"了。

2012年3月5日《北京日报》上，有评论部主任李乔所撰《"首长，别啰嗦了！"》，称："废话常见，精言难得。近日读报得精言二则，录而议之。一曰：'首长，别啰嗦了！'二曰：'见了领导，千万别激动。'第一句，出自一位志愿军电话兵。第二句，出自北大教授陈平原。"李文引述我刊于2012年2月8日《中华读书报》文章的一段话，然后大加发挥："这段话讲得真好，特别是'见了领导，千万别激动'一句，真是精言，凡略知时下官学两界风气者，大概都要会心一笑。学者应该有独立精神，不曲学阿世，不看任何人脸色行事，更不可一见官员就激动，就失掉自我，否则怎能好话歹话都说，知无不言，言无不尽呢？"

其实，在当下中国，要保持学者良知，拒绝曲学阿世，还真不容易。感激河南以及北京媒体朋友的理解与支持。

（初刊《同舟共进》2012 年 6 期，2012 年 4 月 8 日于京西

圆明园花园）

中国大学的独立与自信

办大学，借鉴国外容易，坚守自家特点反而更难。去年春天，清华大学轰轰烈烈地庆祝百年华诞。我未能免俗，应邀撰写了一则小文；不过，唱的基本上是反调。此文大意是："走向国际"，并不一定就是"迈向一流"。二者之间，确实有某种联系，但绝非同步，有时甚至是风马牛不相及。改革开放 30 年，若讲独立性与自信心，中国学界不但没有进步，还在倒退。

依我浅见，大学的一大特点，在于需要"接地气"，无法像工厂那样，引进整套设备；即便顺利引进，组装起来后，也很容易隔三岔五出毛病。有感于此，对眼下铺天盖地、不容置疑的"国际化"论述，我颇为担忧。比如，以下几个口号，在我看来属于认识上的"误区"，有澄清的必要。

第一个误区：办大学就是要"与国际接轨"。请问哪个"轨"（国外著名大学并非一个模式），怎么"接"？认真学习可以（也应该）；但"接轨说"误尽苍生。某大学校长主持汉学家大会，说

"我们也要办一流的汉学系"。初听此言，啼笑皆非——本国语言文学研究和外国语言文学研究，岂能同日而语！不过，这位校长并不美丽的"误会"，倒是说出了一个可怕的事实：今天的中国大学，正亦步亦趋地复制美国大学的模样。举个例子，几乎所有中国大学都在奖励用英文发表论文，理科迷信 SCI，文科推崇 SSCI 或 A&HCI；聘教授时，格外看好欧美名牌大学出身的；至于教育行政官员，更是开口哈佛，闭口耶鲁。

第二个误区：办大学就是要"强强联手"。据说要建"世界一流大学"，最佳途径就是强强联手；因为，各种数字一下子就上去了。幸亏还没把北大、清华合起来。大学合并，有好有坏，但"强强"很难"联手"；一定要"合"，必定留下很多后遗症。过多的内耗，导致合并后的"大大学"需要 10—20 年的时间来调整、消化。需要的话，强弱合并还可行。因为，大学需要有主导风格，若强强合并，凡事都争抢固然不好，凡事都谦让也不行。

第三个误区：办大学就是要"取长补短"。办大学，确实不能关起门来称大王，要努力开拓视野，多方取经，既借鉴国外著名大学，也学习国内兄弟院校。只是因为有各种评估及排名，这个"取长补短"的过程，不知不觉中演变成缺什么（专业）补什么（专业），最终导致自家特色的泯灭。不要说异彩纷呈的国外名校，比起上世纪 30 年代的北大、师大、清华、燕京、辅仁、协和（仅以北京地区为例），今天的中国大学，大都过于"面目模糊"——各校之间的差别，仅仅在于"级别"、"规模"及"经费"。让人担忧的是，这个"整合"的大趋势还在继续。

第四个误区：办大学就是要努力"适应市场需要"。学生选择专业，有其盲目性，这可以理解；更合怕的是政府缺乏远见。在我看来，无论请进来还是送出去，都应该考虑国家需要——凡市场能解决的，不要再锦上添花。每年都有留学生拿中国政府的奖学金，进就业前景好的商学院或法学院。这实在不应该。欧美也是这样，政府或大学的奖学金，不是奖励选择热门专业，而是用来调节社会需求的。你学古希腊的哲学或文学，就业前景不太好，但又是整个人类文明必不可少的，那我奖励你。同样道理，用国家经费送出去的留学生，也应该有专业方面的要求。

第五个误区：办大学就是要多跟国外名校签合作协议。恕我直言，很多协议属于空头支票，签了一大堆，很快束之高阁。所有的"合作"，必须落实到院系才比较可靠；而其中最为实惠的是"互派学生"。但这有个前提，得有经济实力支撑。北大中文系颇为"矜持"，不轻易签此类双边协议，一是有自信，愿意保守自家根基，很不喜欢那些故意自贬以讨好外国教授的说法；二是若无奖学金，让学生自费到国外游学一年半载，贫穷子弟做不到，很容易引起同学间的攀比。

作为中文系教授，面对浩浩荡荡的留学大潮，这些年，我不得不再三辩解：不同学科的"国际化"，其方向、途径及有效性，不可同日而语。自然科学全世界评价标准接近，学者们都在追求诺贝尔物理学奖、化学奖；社会科学次一等，但学术趣味、理论模型以及研究方法等，也都比较趋同。最麻烦的是人文学，各有自己的一套，所有的论述都跟自家的历史文化传统，甚至"一方水土"有密切的联系，很难截然割舍。人文学里面的文学专业，因对各自所使用的"语言"有很深的依赖性，应该是最难"接轨"的了。文学研究者的"不接轨"、"有隔阂"，不一定就是我们的问题。非要向美国大学看齐，用人家的语言及评价标准来规范自家行为，即便经过一番励精图治，收获若干掌声，也得扪心自问：我们是否过于委曲求全，乃至丧失了自家立场与根基？

讲几个小故事，你就可以明白当下中国的情势以及我的心情。10年前，我在台大教书，推荐一台大中文系毕业生到北大念研究院。这学生兴冲冲来了，可一个月后"打道回府"；问她为什么，回答是："刚到北大很兴奋，清晨散步，未名湖边书声琅琅；不过仔细听，怎么都是英语？要学英语，我干脆到美国去。"3年前，南方某大学下决心奋起直追，希望我帮助物色一外国教授，据说待遇很优厚。开始我很在意，觉得这是好事，应该玉成；可私底下的叮嘱，让我心都凉了——"最好不是华裔，要一看就是外国学者。"这哪里是挑学者，分明是选演员，才这么看重"镜头感"。2年前，我指导的博士申请某名校教职，得到的答复是：学校统一规定，只有在外国大学获得博士学位者可直接入职，本国大学培养的博士，再好也只能先当博士后。今年毕业的博士生，因到哈佛大学进修过 3 个月，求职时，总被问及他在哈佛跟某某教授学到了什么"真经"。学生很诚实，说仅仅谈了两次话，合起来不到 3 个小时。为什么不关心在北大的 4 年苦读，而专注于那蜻蜓点水般的"访学"？这不是三五个人的问题，而是整个社会风气使然。记得我们曾嘲笑台湾的高等教育是："来来来，来台大；去去去，去美国"；曾几何时，我们也变得如此不自尊、不自爱？

为了配合国家中长期科学和技术发展规划纲要的实施，培养各行各业拔尖的创新人才，国家留学基金于 2007 年设立了"国家公派研究生项目"。每年选派 5000 人，"攻读学位"与"联合培养"各占一半。选派的对象，虽以理工科为主，人文及社会科学也占了 15%。这当然是大好事，我举双手赞成。北大因地位特殊，每年送出去 200 人左右；中文系实力雄厚，每年也能争取到八九个名额。但说实话，作为中文系主任，我内心很纠结，也很困惑——既为我们的学生很有竞争力而自豪，也担心此乃"为他人做嫁衣裳"。教育部有"博士生兼招补偿办法"，即选派出国攻读博士学位研究生后，有关学校／院系可补充相应数量的博士生招生名额。问题在于，优秀的生源就这么些，若都送出去了，岂不十分可惜？经多次协商，教育部答应给北大、清华特殊政策，没有卡死 1:1 比例，送出去的学生中，"联合培养"远高于"攻读学位"。

我必须考虑学生的立场，不敢像年少气盛的胡适那样，撰写

《非留学篇》(《留美学生年报》第三年本，1914年1月)，说什么"留学之政策，乃以不留学为目的"。因我深知，国家派遣大批留学生，此举对于中国科技、教育、学术、文化的前景，影响十分深远。但青年胡适的说法，也并非毫无道理："留学之目的，在于为己国造新文明"，故关键在于如何办好本国的大学。三十多年后，当年的留美学生，终于出任北大校长；踌躇满志、意气风发的胡校长，不失时机地发表了《争取学术独立的十年计划》(1947年9月28日《中央日报》)："我所谓'学术独立'必须具有四个条件：1. 世界现代学术的基本训练，中国自己应该有大学可以充分担负，不必向国外去寻求。2. 受了基本训练的人才，在国内应该有设备够用和师资良好的地方，可以继续作专门的科学研究。3. 本国需要解决的科学问题如工业问题，医药与公共卫生问题，国防工业问题等等，在国内应该有适宜的专门人才与研究机构可以帮助社会国家寻求解决。4. 对于现代世界的学术，本国的学人与研究机关应该和世界各国的学人与研究机关分工合作，共同担负人类学术进展的责任。"胡适设想中的"10年计划"分为两段：第一个5年，全力帮助北大、清华、浙大、武大、中大（中央大学），限期成为国内最好、世界上有地位的大学；第二个5年，转而支持另外五所学校。可惜的是，胡校长并不掌握实权，且过于"内举不避亲"，理所当然受到了南开大学陈序经、北洋大学李书田、国民党元老、原中山大学创办人邹鲁等的强烈质疑。更重要的是，国民政府财政吃紧，正花大价钱"剿共"，根本没心思顾及此。

又过了半个世纪，具体说，就是1998年5月4日，江泽民主席在庆祝北京大学建校100周年大会上讲话，称："为了实现现代化，我国要有若干所具有世界先进水平的一流大学。这样的大学，应该是培养造就高素质的创造性人才的摇篮，应该是认识未知世界、探求客观真理、为人类解决面临的重大课题提供科学依据的前沿，应该是知识创新、推动科学技术成果向现实生产力转化的重要力量，应该是民族优秀文化与世界先进文明成果交流借鉴的桥梁。"随后迅速展开且逐渐落实的"985计划"，其基本思路也是集中力量做大事，办好若干所著名大学。最初是重点支持北大、清华"争创世界一流大学"；接下来是中央和地方共建复旦大学、南京大学、浙江大学、中国科技大学、上海交通大学、西安交通大学、哈尔滨工业大学等，希望其成为"国内一流、世界知名的高水平大学"。虽然列入"985工程"的大学日后扩展到39所，但核心部分是2+7；而这构成了中国的常春藤大学联盟——校长们每年聚会，轮流做东，探讨"大学之道"。

中国人不是讲究十全十美吗，为何只是九所？其实，最初的计划，跟胡适想的一样，也是十大名校。只是因后面这一所到底给谁，有很大的争议。据说，当时的政协主席李瑞环说了，天津是直辖市，怎么一所都没有呀？教育部说，天津有两所好大学，天津大学和南开大学，只有一墙之隔，能合起来就好了。天津市很想要这笔钱,可这两所大学各有传统,不愿意合——学生不愿意,教授不愿意,校长想必也不开心。后来,勉强同意了,可校名又谈不拢。叫什么好?"天津南开大学",不行;"南开天津大学",也不行;叫"北洋大学",那是政治错误;叫"天南大学",则是自贬身价。反正,一谈校名,全乱套了。最后,中央决定,这两所大学是"联合"而不是"合并"。说实行"各自独立办学、相互紧密合作"的全新办学模式,实际上就是没挤进第一方阵。

两相比较,胡适的"10年计划",与半个世纪后真正实施的"985工程",还是有很大差异。在胡适眼中,关键是"争取学术独立",具体说,就是中国大学能自己培养各专业的博士,不一定非出去留学不可:"今日为了要提倡独立的科学研究,为了要提高各大学研究的尊严,为了要减少出洋镀金的社会心理,都不可不修正学位授予法,让国内有资格的大学自己担负授予博士学位的责任。"表面上,这个梦想我们早已实现了,如今每年中国大学授予博士学位的人数世界第一——质量有无保证、是否"过度开发",则另当别论。但在我看来,胡适的"10年计划"依旧有魅力——当下中国大学严重受制于权力、金钱与传媒,再加上唯哈佛耶鲁、牛津剑桥的马首是瞻,所谓"学术独立",还有很漫长的路要走。

以前,每当有人攻击北大、清华变成"留美预备学校"、学生毕业后都到国外去时,我都会如此辩解——专业不一样,中文系就不是这种状态。现在,我再也不敢这么挺直腰杆说话了,只能寄希望于还有部分好学生自觉自愿留下来，不把北大当跳板——有时甚至小心眼，喜欢那些英语不太好的高材生。我问过日本的教授，你们也会面临这种困境吗？回答是：我们最好的学生在国内；当然，大学会创造条件，让他／她们不断出去进修或考察。说实话，留住好学生，以下两个条件缺一不可：一是本国的大学很争气，二是申请教职时洋文凭不占优势。而如今的中国大学，大都做出一副非国外名牌大学博士不要的高姿态——不管你学什么专业，反正外国的月亮就是比中国圆。

若大家都这么盲目崇拜"洋文凭"（我说的不是假文凭，是国外名牌大学的真文凭），再过5年、10年，连中文系学生也都如过江之鲫，纷纷放洋去，这实在让人伤心。看看近年各大学招聘"领军人物"或"讲席教授"的广告，你就明白，这年头，不出国念书拿学位，日后想在中国学界"拼搏"，实在很难。正因此，我才感叹：如何建立中国大学的"独立"与"自信"，让愿意在国内好大学念书的好学生感觉大有奔头，值得为之焚膏继晷，这是个大问题。

1997年春，在一个讨论如何与"海外汉学"对话的国际会议上，我谈及：改革开放以来，我们的主要任务是尽可能地打开大门，迎接八面来风；21世纪的中国学界，可能会更多考虑如何自立门户、自坚其说。海外中国学依然是重要的思想及学术资源，只是流通方式很可能变为"双向选择"。出而参与世界事业的中国人，很可能在"如何解释中国"上，与海外中国学家意见相左，乃至正面冲突。最佳状态是：借助各种对话以及合作研究，彼此沟通思路，争取各自走向成熟。

去年，在一个国际会议上作主旨演说，我说了这么一句："要不要'国际化'，这已经不是问题了；难处在于如何在全球化大潮中站稳自家脚跟。作为一个主要从事现代中国文学史／教育史／学术史研究的人文学者，我追求的是'国际视野与本土情怀'的合一。"但愿这不仅仅是梦想。

2012 年 5 月 1 日于京西圆明园花园

（此乃作者 2012 年 5 月 7 日在山西大学 110 周年校庆高层论坛"文化：创新·繁荣·发展"上的主题演说，初刊《中国青年报》2012年 5 月 16 日，改题《如何建立中国大学的独立与自信》）

"中国博士"是否值得信赖

今年 5 月间,奉国务院学位委员会令,参与修订"中国语言文学一级学科简介"和"中国语言文学博士、硕士学位基本要求"。会场上,我虽也殚精竭虑,积极发言,却没有多少"神圣感"。因为我知道,这些专家们字斟句酌、仔细推敲的文字,也就是"文字"而已——既不被重视,也无法落实。

说来惭愧,作为北京大学第一批文学博士,我本人深深得益于中国学位制度的建立。也正因此,最近十年,因缘凑合,我撰写过好几篇谈论中国学位制度以及如何培养研究生的文章,如《"好读书"与"求甚解"——我的"读博"经历》(《学位与研究生教育》2003 年 12 期)、《博士论文只是一张入场券》(《中华读书报》2003 年 3 月 5 日)、《我看北大研究生教育》(《社会科学论坛》2009 年 8 期)、《上什么课,课怎么上》(《中国大学教学》2011 年 2 期)、《训练、才情与舞台》(《中华读书报》2011 年 8 月 3 日)等。话是说了不少,可你如果追问,中国博士的水平靠谱吗?我真不知道该怎么回答。无论哪个国家培养的博士,都有特别出色的,也有拆烂污的,关键是总体水平如何。在没有拿到过硬的数字之前,不好乱说。更何况,我是"土博士",说低了自贬身价,说高了又成了自我标榜。

让我很受刺激的,是前几年读到的两篇洋博士的文章。耶鲁大学历史学博士薛涌在2007年1月29日《东方早报》上发表《博士教育到"减灶"时候了》,直指中国大学根本就不适合于培养博士。此文日后成为薛著《北大批判——中国高等教育有病》(南京:江苏文艺出版社,2010)第五章"中国高等教育批判"的一节,题为"博士教育应该外包"。报纸文字有删节,故以下引文出自薛著。"中国的博士生数目,已经世界第一。但博士教育对于中国的高等教育来说,害多益少。以中国目前的国情,根本不适宜培养博士。所以我建议:关掉绝大部分的博士课程,借助国外大学培养博士,集中国内的资源把本科生教育搞好";"博士课程,是西方几百年高等教育发展的结晶,不是想学就能学的"(292页)。

另一篇是《十有八九的博士和博导不合格》(参见《科学时报》2007年10月2日),作者乃中国科学院化学所研究员、美国哥伦比亚大学化学博士王鸿飞。这原本是一篇博客文章,贴在"由中国科学院、中国工程院、国家自然基金委主管,由具有五十年媒体经验的中国科学报社主办"的科学网(ScienceNet.cn)上,随即引起很大关注。王文称:"简单地说,以我在Columbia的学术标准来衡量，我所在的研究所和中国最好的大学99%的研究员教授和毕业的博士是不合格的。以美国三流大学的水平的学术标准来衡量，内地99%的研究员教授和毕业的博士是不合格的"；"鉴于大家对99%或97%的估算的异议很大，但对90%异议不大，所以把标题改为：十有八九的博士和博导不合格"。让我惊讶不已的是，读科学网上的争辩文字，竟然有不少人认为王文在理，只是不该说得那么透彻、那么决绝。

我不同意两位洋博士如此悲观的大判断，但承认中国的博士培养问题多多，听听些"盛世危言"不无好处。王鸿飞的博文本就是针对"国务院学位委员会、教育部、人事部将要开展全国博士质量调查工作"的新闻而发的，称"早就该加紧整顿了"。具体承担此调查任务的北京大学教育学院陈洪捷教授带领的课题组，三年后终于拿出了两项重要成果：《中国博士质量报告》（中国博士质量分析课题组著，北京大学出版社，2010）、《博士质量：概念、评价与趋势》（陈洪捷等著，北京大学出版社，2010）。很可惜，二者的珠联璧合、联袂登台，并没有消除我对"中国博士"质量明显下降的疑虑。

陈洪捷等著《博士质量：概念、评价与趋势》分五章，其第二章"中国博士质量的实证分析"称："课题组向289所博士培养单位发放了大量问卷，回收有效学生问卷20666份，导师问卷9928份。"（80页）依据这些问卷，课题组选择了课程体系、培养环节和能力素质三个方面进行分析，得出的结论是："博士生自身和导师对我国当前博士培养质量的总体评价是较好的，总得分超过了70分。"（89页）为了祝贺《中国博士质量报告》出版，课题组在北大百年纪念讲堂举行了新闻发布会，《光明日报》还专门刊发了相关报道。以下引录的陈洪捷教授答记者问，皆出自此："对于我国博士培养的质疑，媒体的报道或个人的意见虽然都有根据，但许多是以个案覆盖全局。这样的报道和说法容易误导大众，使大家误以为我国的博士教育一团糟"；"中国的博士培养质量整体上是乐观的。我们对9928名博士生导师的问卷调查表明，接近50%的博士生导师认为我国博士毕业生在'学位论文质量'、'科研能力'方面的质量是'提高'的。另有40%多的博士生导师认为我国博士毕业生的'学位论文质量'、'科研能力'是'持平'的。"（参见刊于《光明日报》2011年1月6日的李志伟《"中国博士整体质量是有保障的"——访北京大学高等教育研究所所长陈洪捷》、靳晓燕《大部分导师认为：我国博士生培养质量乐观》）

我不知道中国教授及其指导的博士生的自我评价（假定抽样合理、填表认真），能否抵挡住人们对于中国博士质量低下的责难。即便就像研究者所称，90%的博士生导师认为中国博士教育水平或"提高"或"持平"，也没有回答两位美国博士的质疑，即相对于美国三流大学，"中国博士"到底行不行。

其实，"对于我国博士培养的质疑"，并非只是媒体的捕风捉影，也不仅仅是个别人的意见。我最初关注这个问题，是因读到清华大学前校长王大中发表在 2005 年 4 月 7 日《文汇报》上的《关注博士生培养的过度教育现象》。文中提及中国的博士生招生规模超常规增长："2000 年全国博士生招生数为 25142 人，2004 年博士生计划招生总规模已经达到 53096 人"；"美国博士教育规模是世界上最大的，但十多年来，全美每年博士学位授予数量一直保持在 4 万人左右。我国 2004 年博士生招生数已经达到 5.3 万余人，比 2000 年增加 2.8 万人。再考虑到我国博士生培养过程中近乎'零淘汰率'，预计我国博士学位年授予数量将会接近美国。"岂止是接近，很快我们就超越了；更令人惊讶的是，博士生招生数量居然可以四年翻一番。

　　大概正是因为王校长等人的大力呼吁，才有了 2007 年的全国博士质量大调查。很可惜，此项大张旗鼓开展的调查，结论竟然是"我国博士生培养质量乐观"。从 1978 年中国第一批 18 名博士生入学，到如今每年二十多万在校博士生，"中国的博士培养在不到 30 年的时间里实现了腾飞式的发展"，这确实值得骄傲。可我还记得这么一条消息——2008 年国务院学位办主任杨玉良（现任复旦大学校长）曾在首届全国地方大学发展论坛上透露：中国有本科授予权的高校 700 多所，美国 1000 多所；而中国有博士授予权的高校超过 310 所，美国则只有 253 所。为何如此？因为"我国目前培养的博士生有一半的就业去向是做公务员"，故需求十分旺盛（参见《全球第一：中国博士培养规模势不可挡》,《科学时报》2008 年 5 月 13 日；《中国博士就业出现新动向：半数去当公务员》,《东方早报》2008 年 4 月 30 日）。正因"博士们的职业选择并不是人们理解的传统意义上的作科研"，其水平高低，你就不太好用传统标准（比如学术业绩）来衡量了。这一很有"中国特色"的转变，确实让人措手不及。在美国，"除了学术领域外，一般很少有工作需要博士学位"；因此，美国聪明的大学生大部分不会读博士课程，总统、州长、议员、总裁中挂着博士头衔的也很少（参见薛涌《北大批判——中国高等教育有病》296—297 页）。而我们的情况则相反，若真的有一半"中国博士"不在学界而在官场，这的确让人啼笑皆非。

这也就难怪，虽不断有质疑的声音，中国的博士教育还是在大踏步前进。手头没有今年全国博士招生总数，但看看各大学情况，也能明白大致趋向。我见到的是 2011 年教育部博士研究生招生计划，前十名分别是：浙江大学 1559，北京大学 1526，武汉大学 1355，吉林大学 1275，华中科技大学 1244，清华大学 1231，上海交通大学 1185，复旦大学 1132，中山大学 1057，四川大学 997。据上述王大中文，美国大学中博士学位授予数量超过 700 人的只有两所，其中培养规模最大的是 UC-Berkeley，每年授予博士学位人数约 750 人（《关注博士生培养的过度教育现象》）。换句话说，中国大学博士生招收数量排名第十的，也比美国排名第一的多（不能想象四川大学每年有 250 名博士生被淘汰）。

有感于此,武汉大学前校长刘道玉在 2009 年 2 月 26 日的《南方周末》上发表《彻底整顿高等教育十意见书》,大声疾呼"取消不合格的在职研究生学位",且主张"砍掉一半大学的博士授予资格"。理由是:"西方国家大学的博士研究生淘汰率大约 30%,而我国基本上是零淘汰率,官员和老板考博是一路绿灯";"博士学位是为了培养少而精的理论型和研究型的人才,但是许多大学和攻读博士学位的人并不明白这个道理,只把它当作一种荣誉和身份,当作升官或求职的砝码。"不是我不明白,而是这世界变化快,各大学之所以用"搞运动的方法",靠公关来赢取博士学位授予权,就因为这其中的好处实在太多了,校长们无法抵挡如此巨大的诱惑。

观察教育部近年决策的大趋势,是逐渐放松管制——最近一项举措是允许民办高校申请博士学位授予权（参见《民办高校可申请博士学位授予权》,《光明日报》2012 年 11 月 22 日）。政府若真下决心"清理并纠正对民办学校的各类歧视政策"、"落实民办学校办学自主权",自然是大好事;但民办高校申请博士学位授予权,短期内希望渺茫。倒是各地众多公立大学持之以恒的"争创博士点"工作,仍在如火如荼地展开,这更值得关注。

半年前,我在《如何建立中国大学的独立与自信》(《中国青年报》2012 年 5 月 16 日）中提及胡适"争取学术独立"的梦想,以及半个多世纪以来中国人锲而不舍的努力，使得中国大学终于能够培养各行各业的博士，年轻人不一定非出去留学不可了。后面有这么一句："表面上，这个梦想我们早已实现了，如今每年中国大学授予博士学位的人数世界第一——质量有无保证、是否'过度开发'，则另当别论。"本文的写作，正是为了回应此伏笔。

以我对中国社会及中国政治的了解，王大中先生委婉的劝说——"促进博士生教育的规模与质量的协调发展"，没有任何效果；刘道玉先生猛烈的抨击——"砍掉一半大学的博士授予资格"，更是无法实行。在可以预见的很长一段时间内，中国大学里的博士点及博士生数量，只会增加，不会减少。教育部愿意且能够做到的，只是控制"增长速度"。因此，我倾向于改良主义立场，抱怨之余，提若干"建设性意见"：

第一，改国家学位为大学学位。也就是说，像欧美国家一样，各大学对自己颁发的学位负责。经由一番激烈的竞争与淘洗，内行人很快就会明白，哪些大学的博士学位值得珍惜，哪些大学的博士学位白给你也不能要。目前中国的"博士学位"属于国家，而无论教育部如何努力，都不可能监管到位，长此以往，"中国博士"的声誉只能越来越低。在学位授予权方面，教育部不妨守住底线，基本放开，允许各大学进入竞技场，参与搏杀与竞争。若干年后，那些博士学位基本没人要的大学，就会反过来努力办好本科教育。

第二，正因为我们是国家学位，无法与国外大学合作办学并

共同颁发学位。改为大学学位后，中国各大学乃至各院系，尽可
八仙过海各显神通，与国外著名大学结成同盟，迅速提升自家的
教学及科研水平。中国有好教授，但数量远远不够；而众多"不
合格的教授"正大批量地生产"不合格的博士"，现有的体制又
根本卡不住。这些"不合格的博士"放出去，很快就会占据要津，
形成一时之风气，阻塞学术发展。引进外来的制度及资源，可以
让我们把路走得更顺一点。

　　第三，因为是大学学位，允许各大学每年通过授予名誉博士
方式，报答那些为人类、为中国或为本校作出突出贡献的学者、
商人以及政治家——香港各大学就是这么做的。这比让大批官员
或商人装模作样地走进校园，瞒天过海地通过博士论文答辩，要
好得多。学生们很精明，一看你校长及教授为权势及金钱而"开
闸放水"，即便嘴上不说，也都从此失去了对于学问的敬畏之心。
依我浅见，为了纯洁校园，多颁几个名誉博士问题不大。至于说
靠提高招生门槛、严格论文评审来保证质量，那都是说给外行人
听的。今天中国的大学校长及教授中，愿意结交权贵及富豪的，
比比皆是。只有从制度上彻底杜绝官员读博（除非脱产），才可能
解决"真的假文凭"问题；否则，单靠个别有担当的院系领导来扛，
根本扛不住。

　　第四，目前中国的博士培养，有资格考试、匿名评审、公开
答辩等制度设计，表面上层层设防，很严格，可实际上守不住。

教授们之所以"心太软",放任不合格的博士生毕业,一是没有合适的退出机制,学生已取得了硕士学位,又多念了几年博士课程,若资格考试或论文答辩不过关,真的无处可退;二是各校普遍要求不严,竞相放低门槛,你若鹤立鸡群,只能耽误自己的学生;三是教授缺乏经验——我说的是那些"心有余而力不足"者,至于习惯徇私舞弊或本就不合格的,另当别论。指导博士生,本没什么了不起;但教书毕竟是一门职业,需要某些技巧,没经验的就是做不好。这方面,教育部可以有所作为,如为新选拔的博士生导师或新设点的大学的教授们开设专门的培训班——如果嫌"培训班"不好听,不妨叫"经验交流会"。此举起码可以让那些愿意学习的博士生导师及其学生,少走一点弯路。同时,呼吁各大学的校长为教授们保留一点颜面,不要再将"教授"、"博导"当礼品胡乱赠送了。读《南都周刊》2012年第48期(12月17日)刊登的《学者王立军》(主笔季天琴),看一个初中学历的转业军人,通过自考与成教获取了中专与大专文凭后,如何因官职提升,相继成为29所大学不同专业的兼职教授甚至博士生导师,你就明白今日中国大学的乱象。

　　第五,建议若干著名大学结盟,确定相对统一的学制。目前北京大学培养硕士、博士的标准年限是三年、四年,而国内不少大学的学制是二年、三年。同样才华的学生,念五年与念七年,效果肯定不一样。理科生不愿意学制太长,是担心导师扣着不放,要其帮助做实验；人文学没这个问题，应允许不同院系采取灵活姿态。在我看来，读人文学的博士，确实需要更多的时间熏陶与沉淀。

最后一条建议，牵涉教育主管部门：目前各大学在岗的中年教师，许多已有教授职称了。若非常出色，任其自由发展；若不太出色，也可在职进修——没必要回去补拿博士学位。这本来就是一个历史遗留问题，过些年就自然解决了；现在各大学招聘的年轻教师，全都是博士。今年春天开始的第三轮一级学科评估，在确定指标体系时，我强烈要求删去"教师中博士比例"这一条，最后实现了。让大学里的博士教育，既"祛魅"，也不要"污名化"，认清这只是高等教育的一个特殊阶段，一个对于希望进入学界的人来说非做好不可的"规定动作"。如此而已，岂有他哉！

2012 年 11 月 24 日初稿，12 月 20 日修订于香港中文大学客舍

（初刊《南方周末》2013 年 2 月 21 日，改题为《中国博士是否值得信赖——革新博士教育六建议》，并略有删节）

·

"大学批评"

　　没错，并非形近而讹，我说的确实是"大学批评"，而不是"文学批评"。后者早就成为一种职业，有诸多从业人员，且建立了明确的学科边界、游戏规则以及评价体系。至于前者，目前还只是我的"一时戏言"。记得十多年前第一次被作为"大学史家"介绍时，哑然失笑；事后想想，这何尝不是一种善意的提示。

　　在我看来，21 世纪中国，"教育"将成为一门新的显学。我之所以如此立说，并非因各大学纷纷设立教育学院或教育研究所，也不是申请课题或著作评奖时"教育学"可以开小灶，而是因为今天中国的教育——尤其是大学问题，吸引了无数学人、作家、记者、官员乃至普通民众的目光。这种"强烈关注"，必将最终沉淀为可观的学术成果。1998 年，我因出版《北大旧事》（编）和《老北大的故事》（撰），被误认为"校史专家"。为此，我还专门撰文辨析："从事学术史、思想史、文学史的朋友，都是潜在的教育史研究专家。因为，百年中国，取消科举取士以及兴办新式学

堂，乃值得大书特书的'关键时刻'。而大学制度的建立，包括其
蕴涵的学术思想和文化精神，对于传统中国的改造，更是带根本
性的——相对于具体的思想学说的转移而言。"(《辞"校史专家"
说》，《新民晚报》1998 年 5 月 10 日）

此后十多年，我实践自己的诺言，不断关切当代中国大学的
兴衰起伏、喜怒哀乐。在我看来，这是一个既充满活力与生机，
也遍布陷阱与荆棘的"大问题"，很值得认真批评。这里所说的"批
评"，并非彻底否定，而是理性地思考、判断、分析、阐述，目的
是促成这一领域的健康发展。

今天的中国大学，处于"超常规发展"阶段，既让人充满期待，
也有很多可疑及可议之处——从办学宗旨到校史溯源，从培养目
标到课程设置，从校园建设到文化情怀。我曾谈及自己的"大学
研究"，不同于教育官员，不同于大学校长，不同于教育学家，也
不同于"愤青"或媒体记者："我的特点是关注中国问题，兼及理
想性与操作性；强调古今对话，在历史与现实的碰撞中展开论述；
怀疑'接轨说'，侧重对于传统书院的体悟以及百年中国大学的阐
释。"(《中国大学改革，路在何方？》，《书城》2009 年 9 期）

如何看待"中国大学"这一全球最大、也是人类历史上最为
阔伟的"教育试验"，需要"同情之理解"。在这个意义上，那些
切近现实、理性而不刻板、有学识、有棱角、有温情且充满想象
力的"大学批评"，将发挥很大作用。基于这一理念，明后年我的

工作重点是：第一，在某重点大学开设题为"现代中国的'大学之道'"的专题课，借梳理20世纪中国大学的历史、文化及精神，探讨何为值得追怀与实践的"大学之道"。第二，将我为北大中文系研究生讲了八轮的"学术规范与研究方法"课程讲义整理成书；第三，为"沧桑满脸的中文系"写一本小书，既是"中文教育忧思录"，也记录自家精神蜕变的生命历程。

（初刊《明报月刊》2013年2月号）

"另一种大学"的启示

自 2004 年教育部全面开放香港高校内地招生以来，内地民众对港大、中大、科技大等香港名校的关注持续升温，赴港求学成了参加高考、出国留学之外的"第三条道路"。站在教育部的立场，此举牵涉面很小（去年香港各大学在内地招生 1600 人左右），没什么了不起；可这"另一种大学"的启示，其实意味深长。我不相信"北大清华将被香港的大学扫成二流"（薛涌语），但我承认港校招生对中国高等教育的发展模式及前景造成了巨大冲击，起码起到了鲶鱼效应，催逼其反躬自省。

晚清以降，中国人的现代大学之路走得不是很顺畅。不说各有宗旨的教会学校，政府筹办或掌控的公立大学，先是借鉴德国（经由日本），很快转为学习美国，上世纪 50 年代转道苏联，改革开放后又回到了美国。如今正努力"与国际接轨"的中国教育界，谈及大学问题，不是哈佛如何如何，就是耶鲁怎样怎样。我对此深有感触，曾因此撰文称："改革开放三十年，若讲独立性与自信心，中国学界不但没有进步，还在倒退。"（《如何建立中国大学的独立与自信》，《中国青年报》2012年5月16日）但谁也想象不到，有一天，我们在欧美名校之外，还要讨论香港的大学对于内地大学的启示。香港这座曾被讥为"文化沙漠"的现代都市，除了商业资本以及娱乐文化，居然还能对内地输出"教育经验"，这实在出乎很多人的意料。

谈论香港教育及名校的魅力，不能单看报考人数或录取成绩；因为，学生的选择更多基于个人利益的计算，有其合理性，也有其盲目性。所谓"报考港校的十大理由"，如毕业后可留在香港工作，或方便赴美留学等，便不是评判大学的合理尺度。因此，"学生用脚投票"，这只是一个特殊视角，不足以涵盖大学问题的全部。不同于赴港求学的青年学生，也不同于政治立场迥异的政治家、企业家、教育家或新闻记者，我之"大学论述"，基本上取"以港为鉴"思路，且更多考虑可操作性。

毕竟是"一国两制"，两边的大学制度其实有很大差异。不要说拨款制度、校长遴选、课程开设、权力制衡等，单是一个"党委领导下的校长负责制"，或者四门"毋庸置疑"的政治课，就不是香港的大学教授所能理解的。可这样严肃的话题，局限在教育领域根本谈不清，也无法在现实层面获得突破；还不如暂时搁置，转而讨论若干眼下可以解决的"技术问题"。

好多年前，我第一次填写出国申请表，对"雇主"一词很抵触。生活在社会主义祖国,长期受的教育是"人民群众当家做主人",以至于不愿意承认大学及其法人代表校长是我的"雇主"。到香港任教后,方才适应了自己是大学的"雇员",而不是大学的"主人"。有趣的是,我当"主人"时,不时感到行政力量的强力支配;而当了"雇员",反而在大学内部获得某种自由。一位也在北大教过书的教授告诉我,他到了中大,才真正体会到当教授的尊严。无论是学校人事处、财务处、后勤部门,还是院系里的各位文书,都以"服务教学与研究"为己任。只要规定可做的事,打个电话就解决了,不劳你费心费力。反过来,若是条例上没有,你再怎么说也没用。常有人抱怨内地大学里行政人员太多,其实不对,应该抱怨的是行政人员的权力太大且定位不准。若承认行政人员的职责是为教学与研究"服务",而不是颐指气使地进行"管理",岂不是多多益善?查《香港中文大学概览及统计资料2012》,中大全校教职员工(全职)共6888人,其中教授职级(助理教授以上)978人,副研究员以上的研究人员310人;如此人员结构,比北大的教学与行政对半分,更接近美国研究型大学的状态。明明行政人员所占比例不大,为何国人喜欢批评中国大学的"行政化倾向"?关键就在于人们对"行政"的理解不同。比起争论"教授治校"是否合理,此类不无深意的辨析,或许更有意义。

最近两年,北大募集到大笔资金,出台了特殊政策,高薪聘请欧美著名大学的教授来北大任教。我和一位从内地出去而在北美教书的教授联系，一开始他很动心，以其专业修养和雄心壮志，在北大可大展宏图；可最终他还是选择了香港的位子。理由是：去国多年，习惯了国外大学那种直来直去，该做什么能做什么都很清楚的状态，怕回国后无法适应国内大学"复杂的人事关系"。相比之下，香港的大学制度与美国接近，只要认真教书，出好的成果，就一切OK。我想争辩，说欧美以及香港的大学也没那么纯洁，照样有很多不如人意处。可话到嘴边，还是收住了。因为我明白，在今天的中国大学里，只会教书写论文而不会"来事的"，确实吃亏。如果大家都很穷，这问题不大；随着国家教育经费急剧增加，如何切分蛋糕，成了当今中国校园政治的一大亮点。在人事运作尚留有很大空间的局面下，若想博得更多好处，需要学问之外的能力。这个时候，善于揣摩形势及领导意图者，自然容易胜出。在这个意义上，香港大学教授的工作，确实比内地的大学教授要单纯很多。

在香港，你不能想象一个教授或讲座教授摇身一变成了人事处长或财务处长。当然，更不可能反过来。而在内地大学，这种现象很普遍。上世纪五六十年代，曾提出"又红又专"口号，希望有培养前途的年轻人"双肩挑"。而眼下之所以这么做，则更多出于实际考虑：处长的权力远比教授大。这就造成了一个奇特景观，中国学者稍为做出点成绩后，便希望得到"提拔"——虚的，当个人大代表、政协委员或民主党派副主委；实的，则是做上处长、部长或校长助理。完成此"华丽转身"，而后便笑容可掬地出现在各种项目审查、著作评奖、时事报告、学术交流以及迎来送往的热闹场合,为自己以及自己学校争取各种资源。"人情练达"固然也是"学问",可有才华的读书人过早走出实验室与图书馆,坠入充满诱惑的万丈红尘,不是好事情。几年前我在《人民日报》发表《"专任教授"的骄傲》,有人嘲笑"吃不着葡萄就说葡萄酸";去年夏天,4年任期一到,我当即辞去北大中文系主任职务,又被人怀疑"另有所图"。如果是在香港学界,这一切都很正常——因为,无论当教授还是做行政,都值得全力以赴。我曾认真地向有关部门提议:与其奖励优秀学者"职位",不如奖励他们"时间"。结果呢,人家笑而不答。其实,此建议是具备"可操作性"的。看看香港的大学教授,最令人羡慕的是学术休假制度(带薪),以及申请的科研经费中可包含请人代课的钱。

对于香港的大学教授来说,系主任、院长、校长当然是你的上司,若真的"狠狠地得罪了",还是有很大麻烦的。但相对于内地的大学,港校的人事关系还是比较简单。关键在于,决定你"生死存亡"的学术评鉴,是送到外地的学术机构及个人来完成的。因此,同事之间,没必要拉帮结派,也不一定非争个你死我活不可。学校这么做,有三个前提:第一,确实希望提拔优秀人才,而不是走过场;第二,相信学界的公信力;第三,建立很好的保密制度。而目前内地大学之晋升职称,全都采用名额制——由学校人事部(处)下达指标,比如今年给你们院系一个或两个晋升教授的名额，你们自己"打"，"打"完后送上来。送上来的，偶尔也会被卡；但闯不过院系这一关的，绝对没有希望。这你就能理解，为什么对于内地大学的教员来说，维持良好的人际关系格外重要。你不能保证院系学术委员全都秉持公心，也不好相信那些统计数字十分合理，这种状态下，本该意气风发的年轻教师，很难不顾及周围的目光而特立独行。我多次向北大校方建议，放弃带有浓厚计划经济色彩的名额制，采用欧美以及港台大学的外部评审方式，以便真的"唯才是举"。得到的答复是："意见很好，但目前实行，条件尚不成熟。"我明白此"小小改革"困难何在，坚信总有一天，北大等名校会迈出这一步。

无论欧美、日本、俄罗斯，还是两岸四地，对于所有大学教师来说，获取永久教职以及晋升职称，都是整个学术生涯中的"关键时刻"。过了这些激流险滩，一般来说，书斋生活是比较平静的，不太具有戏剧性。可内地大学有点特殊，进入新世纪，受"大国崛起"以及"文化软实力"的双重刺激，政府加大了教育投入，各种课题及奖励层出不穷，大学校园里欣欣向荣，"分田分地真忙"。好处是硬件设施迅速改善，很多大学的建筑、仪器及教学设施，比起欧美大学都不遑多让。记得1991年初我到香港中文大学访学3个月，那时对此地的教学及科研设施印象极深；20年后，单就校园建筑而言，能与中大媲美的内地高校比比皆是。要说双方还存在什么差距，那主要不在硬件，而在软件。

　　所谓大学里的"软件"，是指制度设计、文化精神、教授水准以及校园氛围。香港的大学教授薪水高，在全世界都很有竞争力，故能延揽到不少杰出学者。毫无疑问，这是港大、中大、科技大等在国际大学排名时占优势的重要原因。可除此之外，还有些值得关注的特点。我最大的感觉是，香港各大学校园，比内地诸多著名大学显得安静，更适合于潜心做学问。没有那么多"壮怀激烈"，也就不必过于急功近利。我曾再三提及，眼下内地各大学之急起直追，心意可嘉，但"热火朝天"不是做学问的好状态。在香港教书，也要接受教学及科研评鉴，但只是合格不合格，提醒你该如何改善，不太会影响你的实际收入。内地大学不一样，为了鼓励多出成果，早出成果，出大成果，各校都大手笔地悬赏奖励，不仅名目繁多，而且真金白银。内地的大学教授，薪水太低，奖励太多，如此设计，固然有利于政府的管控，却不利于学术的长期发展。比如，规定发一篇论文奖励多少钱（按刊物级别定价），如此锱铢必较地"提奖学术"，会使得整个学界倾向于数量而不是质量，不仅学术上难有实质性推进，还可能导致"劣币驱逐良币"。

　　从教授的立场谈香港的大学究竟有何魅力，就好像中学生谈为何选择赴港读书一样，都只是一得之见。更何况，为了顾及整体风格，我舍弃了某些特殊性，如香港中文大学的"书院制"等。其实，不满足于蜻蜓点水，深入剖析某特定大学，兼及其历史与现状、制度与精神、课程与人物，当更有意义。我之所以在《新京报》上开设"大学小言"专栏,"以我在香港中文大学教书的经历为观察点,左盘右带,上求下索,思考中国的'大学问题'",便是基于此设想。

2013年2月19日于京西圆明园花园

(初刊《明报月刊》2013年5月号)

大学本多事

去年初春在中央党校演讲，开放提问时，某领导慷慨陈词：别的大学堕落也就罢了，怎么你们北大也顶不住，变得这么不像话！我只好苦笑，北大又不是世外桃源，有什么本事"众人皆醉我独醒"？若别的大学精神上垮了，让北大顶，能顶得住吗？再说，教育并非孤岛，今天中国大学的诸多弊端，很大程度是转型期中国各种社会矛盾及思想混乱的倒影，而不是反过来。

大学本多事，自然到处惹尘埃。我承认，社会上所有的毛病，大学都有，只不过表现形式不太一样而已。但真要像网络上所描述的那么不堪，我们这些当教授的，都该跳楼了。暑假中到东北出差，一位长期在大学工作的职员，自认为见多识广，跟我讲了一大堆"你们教授"如何借招生敛财的故事，听得我目瞪口呆。他反过来追问：你这么多年招博士生，难道没捞到什么好处？要是这样，你干吗招这个不招哪个，难道真的看成绩？说实话，那一瞬间，我几乎喘不过气来，不知道该怎样回答才好。这就是当下中国的"舆情"——很多人（即便不说大多数）根本不相信大学教授是清白的，是有理想的，是有学问且愿意奉献的。

我在《永远的"笳吹弦诵"——关于西南联大的历史、追忆及阐释》中提及一个细节：西南联大师生组织的湘黔滇旅行团，从长沙徒步前往昆明路上，抄录了玉屏县县长具名的布告，那布告称大学师生乃"振兴民族领导者"，要求民众格外"爱护借重"。而今天的中国大学，则几乎成了社会上各种不满、愤怒、怨恨的发泄口。我当然明白，高等教育平民化以后，整个社会对于大学的想象与期待，与以往"精英教育"时代会有很大差别。可受过良好教育且声名显赫的大学校长或著名教授，不但没能成为社会认可的"文化偶像"或"道德楷模"，还不时成为取笑的对象，这我实在不能理解。

在我看来，大学有三大责任：第一，教书育人，老话叫"传道授业解惑"；第二，思想探索与科技创新；第三，承担历史重责与引领社会风气。第一、第二点比较好把握，第三点则难以真正坐实，故很容易被忽略。古往今来谈"教育"，侧重点逐渐从原先的道德、心灵与修养，转为今日的知识、技能与职业，此乃现代化进程中"必要的丧失"。只是人们在评价一所大学时，除了考察其获奖、经费、专利以及学科排名之外，最好兼及其对于整个社会的文化修养及精神境界的提升作用。

只可惜，如此"大学的贡献"，因很难"量化"，且不影响"排名"，正日渐被遗忘。我曾感叹，中国大学在国外的排名迅速提升（因主要看各种数字），但在国内政治生活及文化建设上的重要性反而在下降。在我看来，主要责任不在年轻学子，而在作为长辈的校长及教授们。

谈论现代中国大学的理想性，人们喜欢举蔡元培的例子。几个月前，面对《北京大学教学促进通讯》关于"现在我们面临的局面比蔡元培当年更复杂吗"的提问，我的回答是："是的，那时的大学对政府的依赖性，远没有现在这么强。为了坚持自己的理想，蔡元培动不动宣布辞职——当然都被挽留了。现在有哪个大学校长会因为自己的教育理念无法落实而去跟教育部叫板，说必须如此如此，否则我就走人？校长们大都想把大学办好，但前提是不要触犯自己的利益和地位。教育部下达的指令，明知错误也不敢反对，最多是消极怠工。当然，必须承认，今天中国大学的局面，比蔡先生当北大校长时要复杂得多。"

我说的"复杂"，包括一个很现实的问题：与今天中国大学相比，想象中充满诗意的"过去的大学"，规模小，比较好掌控。查教育部统计室 1936 年 10 月编印的《二十三年度全国高等教育统计》，1934 年度，全国共有 79 所大学，31 所专科学校，学生总人数 41678 名。再看今天的中国大学，许多都已经是巨无霸了，属于克拉克·克尔（Clark Kerr）所说的"巨型大学"。经由一系列的合校与扩招，现在中国的著名大学，师生员工动辄几万人，甚至成了"10万大军"。

既然今天中国学生人数超过1934年度全国大学生总数的"大学"比比皆是,你就明白其内部管理的复杂性。不少回忆文章提及,原南开大学校长张伯苓以及燕京大学校长司徒雷登,认得全校教授以及稍为活跃一点的学生,见面时叫得出名字,让人倍感亲切。今天中国的大学校长,能认清本校各位院长系主任,就已经很不错了。

校长有校长的难处,教授有教授的怨言,我承认,今天中国学界的诸多乱象,板子不能全打在教育界身上。可我同样反对把一切的"不好",全都推给了无所不在的"体制"。要说整个社会道德沉沦,读书人本来就有责任,不是说"天下兴亡,匹夫有责"吗?你即便不能"铁肩担道义,妙手著文章",起码也得表里如一,堂堂正正做人:可以清高孤傲,也可以和光同尘,最要不得的是两边都讨好,两边都想沾光。

传统中国,读书人坚信"学为政本"——短时段看,在一个官本位的社会里,无论学者如何高瞻远瞩、金玉良言,都显得苍白无力;但若着眼于长时段,这些声音是有可能穿越历史时空,影响未来的。正因此,读书人不能妄自菲薄。

不久前,我在一次"答问"中提及,今天中国有一个特殊现象——无论政界还是学界,越是年纪大的,越容易"沉不住气";反而是年轻人不太着急。像我这样不算"壮怀激烈"的,也常被年轻学生讥笑"太天真了"。以前有个说法，人生如过马路，总是先看看左，再看看右，而转折点大概是40岁。一个时代，若年纪轻的普遍不如年纪大的"激进"，那肯定是有问题的。

当下中国，大学不再神圣，失去了曾经有过的道德光环，虽仍在培养人才，但已无法引领社会风尚，这既植根于大众传媒崛起及互联网普及所导致的知识传播途径的巨变，也缘于诸多大学及教授们的独立性日渐减少，或依附权贵，或背靠商家，或追随传媒。如果说前者是浩浩荡荡的世界潮流，很难阻挡；后者则颇具中国特色，不无改善的空间。

2013年2月27日于西藏林芝

（初刊《文汇报》2013年3月2日）

大学应以文理为中心

20 年前，在日本访学，发现一个有趣的现象：谈及院系设置，东京大学是法学部、文学部、经济学部、教育学部、医学部、理学部、工学部、药学部、农学部；京都大学则是文学部、教育学部、法学部、经济学部、理学部、医学部、药学部、工学部、农学部。问为何排列次序不同？答曰：谁的力量大，谁就排在前面。这当然是玩笑话，可仔细想想，如此"惯例"，其实不无深意。

查中国教育史料，1902 年颁发的《钦定京师大学堂章程》，称大学分科"略仿日本例"，政治科第一，文学科第二，格致科第三，农业科第四，工艺科第五，商务科第六，医术科第七。1912年 10 月教育部颁布的《大学令》则规定："大学分为文科、理科、法科、商科、医科、农科、工科"，且"大学以文理科为主"。这第二、第三条，比起"大学以教授高深学术、养成硕学闳才、应国家需要为宗旨"的第一条来，更能体现主持制定此法令的蔡元培总长的学术立场。此后的北京大学，或文、理、法，或理、文、法，或"本大学现设理、文、法、医、农、工六学院"(1947），或废除学院，改成数学力学系为首的 12 学系 33 专业（1952），不管如何变化，历史上的北京大学，从没像东京大学那样，把法学院放在文学院或理学院之前。

最近 20 年，中国大学风起云涌，院系的排列方式千差万别。校长们都说，本大学每个院系都很重要，可真到了切蛋糕、分资源的时候，你就明白学校发展的重心所在。所谓"一碗水端平"，那是说给小孩子听的——不只做不到，而且也不合理。我关心的是，各大学在推介自己形象时，最想突出的是什么。

与半个多世纪前的老北大略有不同，如今的北京大学排出如下阵势：理学部、信息与工程科学部、人文学部、社会科学部、医学部。工学被提到了人文学前面，好在打头的还是理学，而不是管理学。再看清华大学的官网，其学院分左右两边排列，左边是建筑学院、土木水利学院、环境学院、机械工程学院、航天航空学院、信息科学技术学院、理学院、材料学院；右边有经济管理学院、公共管理学院、马克思主义学院、人文学院、社会科学院、法学院、新闻与传播学院、五道口金融学院、美术学院。大概图表不太好表达，本属理科的生命科学院以及医学院，最后被甩到了右边，显得有点不伦不类。理工科怎么排列，我没有发言权；但将"经管"排在文科院系的首位，总让人感觉不太舒服。

清华的排列方式并非偶然，甚至可以说，此举无意中透露了今日中国大学的主流趣味。若考虑到政府鼎力支持的"常春藤大学"（俗称2+7），其中传统的"综合大学"只有北大、复旦、南大三所，其余的，或以工科为主干（清华、浙大），或基本上就是工科大学（中国科技大学、上海交通大学、西安交通大学、哈尔滨工业大学），你就明白今天的中国大学是如何"面向经济建设主战场"，以及为何普遍讲求"实用"而蔑视"玄虚"、看重"经费"而忽略"精神"。

谈论大学的重心何在，首先看工作目标。若以培养人为主（知识、道德、情怀），则文理优先；若以课题经费或科技发明论英雄，则商科或工科更为长袖善舞。具体到院系排列，到底是文学院在前，还是理学院优先，这都没关系；只是不该将商学院或工学院置于整个大学的中心位置——除非你摆明办的就是"财经大学"或"工业大学"。

院系排列只是表象，关键是办学的理念，以及所谓的"大学精神"。我当然不会愚蠢到一看浙江大学的架构里"人文学部"在前，就断言其比北大更重视人文学；也不会一听台湾大学以文学院、理学院打头，就认定其比港中大更有人文情怀。但我明显感觉到，在学科目录调整，以及"梁山泊英雄"重新"排座次"的过程中，文学院及理学院的位置在逐渐退后——只不过有的明说，有的暗示，有的则是曲里拐弯传达出来。

　　此乃一时风气使然，作为校长、作为教授、作为学生，你都很难完全置身度外。那天查《香港中文大学概况》，发现中大以"文学院"打头，而不像香港大学那样让"建筑学院"领军，很是欣喜，以为是"博文约礼"的校训在起作用。仔细一看，不对，是我多情了。港大、中大排列院系的方式，是按英文字母顺序。"排名不分先后"，如此苦心孤诣，自然是为了回避矛盾。

　　不说办学理念了，就说"虚名"吧——让文学院、理学院重新抖擞精神，站在队伍的前排，又有何不妥？多年来，我不断写文章，批评的正是"目前的中国大学太实际了，没有超越职业训练的想象力"。我当然明白，重回19世纪纽曼（John Henry Newman）的"大学的理想"，已是不可能的了；但请记得雅斯贝尔斯（Karl Theodor Jaspers）的提醒：大学"生存在永无止境的精神追求"中，而"不成功的教育管理所带来的灾难性后果，一直要影响几十年"（《什么是教育》第140页、143页，北京：三联书店，1991）。

　　什么叫"不成功的教育管理"，在我看来，就是眼下这种只见数字不见人、只讲市场不谈文化、只求效益不问精神，努力将"大学"改造成"跨国企业"的管理模式。在这个过程中，很多学科都受伤害；而受伤最严重的，非人文学莫属（参见陈平原《人文学之"三十年河东"》，《读书》2012年2期）。

　　作为人文学者，眼看无力回天，只好乘"中大五十年"之机，

不识时务地献上一句祝词：无论天翻地覆，大学还是要"以文理
为中心"。

2013 年 3 月 20 日于京北圆明园花园

（初刊《明报》2014 年 1 月 11 日、18 日）

"做大事"与"做大官"

　　毕业典礼上致辞，除了祝福，就是励志。而这年头，社会上各种莫名其妙的"励志名言"，正高歌猛进大学校园。有比官大的，体现在校庆时之按职位高低排列校友；有比钱多的，宣称毕业十年没有四千万别说是我的学生。弄得我们这些既非高官、也未暴富的校友们灰头土脸的，整天觉得对不起母校，也对不起这"伟大的时代"。

　　因担任中山大学北京校友会会长，我不时接触北上工作的学弟学妹们。前两年一位后学看错了门道，跑来找我，希望举荐。我一听他精确的人生规划，真的目瞪口呆：30正处，35副厅，40正厅，45"进部"——京城里官多，副部级以上才有点意思，故有此专有名词。我问：万一做不到呢？老兄一跺脚，说那就归隐山林，学陶渊明，"采菊东篱下，悠然见南山"。我笑了，说恐怕那时空气污染，南山已经不见了。他愣了一下，不太明白我的意思。我反问：你真的是中山大学毕业的？为什么这么追问，因这种"雄心壮志"，跟我心目中的中大教育宗旨不太吻合。

记得是1923年12月，孙中山在岭南大学怀士堂发表演说，鼓励青年学生"立志要做大事，不可要做大官"。1952年院系调整，中山大学迁入康乐园，怀士堂上镌刻的这段话，因而也就成了不少中大人的座右铭。十多年前，我在《读书》杂志（1996年3期）发表《最后一个"王者师"》，从晚清康有为说起，辨析近代中国的政、学分途。西方教育制度的引进，以及科举制度的退出历史舞台，使得中国读书人的观念开始转变。"读书"不是为了"做官"，这是晚清不少有识之士的共同见解，起码章太炎、蔡元培、严复、梁启超、吴稚晖等都有过明确的表述。而怀士堂上镌刻着的孙中山题词，便是此思潮的巨大回响。我在文中提及："今年春天回母校访问，发现题词没了，大概是为了恢复那座小礼堂原先的风韵吧？我有点怅然。"文章发表后，承朋友告知，此题词乃中大精魂，不可能被取消，只是因重修而暂时遮蔽。于是，赶紧撰文更正。

孙中山所说的"大事"，乃利国利民，惊天动地，属于今人眼中的"正能量"，而不是折腾得全国人民死去活来的"好大喜功"，或日常口语中的"兄弟你可摊上大事了"。依照中山先生的思路，我略作延伸：第一，不做"大官"的，也可以做成"大事"；第二，当了"大官"的，不见得就能成就"大事"；第三，本校对于毕业生的期待，将做成"大事"看得比当上"大官"还重要。唯一没谈妥的是，有些"大事"，确实非"大官"做不了。怎么办？这里暂不深究。

我很推崇孙中山、蔡元培等人的教育理念——像中大、北大这样的综合性大学，不同于黄埔军校或中央党校，确实应以研究高深学问、培养专业人才为中心。日后有人成为政治家，当了大官，不管做得好坏，都与大学教育基本无关，是他自己努力的结果。大学硬要认领这份光荣，还想总结经验，然后依样画葫芦，制造出众多高官来，我以为是自作多情；更重要的是，此举扭曲了大学精神。

有人引拿破仑的名言，说不想当将军的士兵不是好士兵；可我们不能说不想当大官的学生就不是好学生。因为，大学不是"官僚养成所"——如今报考公务员成了大学生们的首选，那是因整个社会被官场逻辑所笼罩，绝非佳音。大学毕业生中，有做工的，有务农的，有经商的，有舞文弄墨的，有从事慈善的，更有献身于科学探索的。对于一所大学来说，能出大官很好，能出巨贾也不错，但最理想的，还是培养出众多顶天立地、出类拔萃的大写的"人"。若都折合成科级、处级、厅级、部级、部级以上，以官帽大小定高低，这社会必定停滞不前，甚至可以说是"狂澜既倒"。

好几次应邀回广州参加中大的纪念活动，我注意到一个细节，校长、书记在介绍嘉宾时，故意把我们这些没有行政级别的学者放在前面，这让我很感动。我当然明白，对学校的实际运作更有帮助的，是后面出台的各级官员。学校以"远道而来"作为幌子，优先介绍学者，实际上是想传达一种"尊重学问"的信念。这么多年，走遍大江南北诸多名校，发现各校介绍来宾时，一般都按官职大小从上往下，像我这样没有行政级别的教授，要不属于"在场的还有某某某"，要不就是"因时间关系恕不一一列举"。我虽反感此不成文的规矩，却也熟视无睹，且佩服主办单位调查精细，从不出错。反而是在中大，被校长、书记重点介绍时，有点不太适应，赶紧挺直腰杆，打起精神，免得贻笑大方。事后想想，中大之尊重学者，或者真的是渊源有自。

官员的心思不好乱猜，我只能说，好学者大都是有自信的。古语说：士不可以不弘毅。当下中国的人文学者，本就应挺起脊梁，大声说出我们的抱负、我们的志向以及我们的贡献。大凡学术研究以及精神探索，其意义及影响力，要放长视线才能看得清楚。讲当下，自然是官大声音大；长远看，则不一定是这个样子。以中大为例，历史系教授陈寅恪在思想史、学术史、文化史乃至一般读书人心目中的地位，就远大于当年保护他的高官、中共中南局第一书记陶铸。今天已然这样，50年或100年后更是如此。

各位即将走出中大校门，万一将来当了大官，请记得孙中山先生的教诲，或套用《七品芝麻官》中的说法："当官不为民做主，不如回家卖红薯。"更大的可能性是，你们中的很多人，都将像我一样，"碌碌"而"有为"，只是无心或无望于仕途。若真的这样，请记得，只要把眼下的工作做好、做精、做透、做到"登峰造极"，管他是什么级别，母校都会欢迎你，替你骄傲，为你喝彩。因为，这是一所把"做大事"看得比"做大官"还重要的大学。

（此乃作者在6月24日举行的中山大学2013届毕业典礼暨2013年学位授予仪式上的祝辞，初刊《南方都市报》2013年6月25日）

关于"教"与"育"的思考

前些天接受专访，被问及是否"读书无用"，我当即回答：此乃伪命题。但如今谈大学生的读书热情，可就没那么乐观了。长期在大学教书，且不时走南闯北，我深知中国大学的学术氛围不太理想。面对如此令人尴尬的话题，无论政治家、企业家、学问人、媒体人，还是众多学生家长，谁都能说上几句。比如，当下中国，大学校园里人满为患，很多本不该上大学的人也挤进来了，当然只能是混文凭；另外，你们当老师的，学问不好，教学又不认真，课讲得那么烂，难怪学生要逃课了；还有，如今是网络时代，获取信息十分方便，为什么一定要待在教室或图书馆里呢？最后，就业时拼的是爹妈，而不是学问，学好学坏一个样。诸如此类的正理与歪理，你我还能找出好多。

与其这么互相推诿，最后不了了之；还不如反躬自省，看看自己是否也有责任，或者能为改变现状做些什么。最近几年，涉及教育话题，除了"大学史"及"大学精神"，我希望兼及技术性的"教与学"。如《我看北大研究生教育》(2009)、《上什么课，课怎么上》(2010)、《训练、才情与舞台》(2011)、《知书、知耻与知足》(2012)、《如何处罚作弊》(2013)等，此类基于常识但切中时弊的短文，均站在一线教师的立场，具体而微地检讨我们的教学理念。

孟子说得好，"君子有三乐"，这第三乐即"得天下英才而教育之"。问题在于，当你的教育对象并非"英才"时，怎么办？随着连年扩招，30%的适龄人口进入大学校园，我们已经从精英教育转为大众教育了，这个时候，仍执著于原先的大学神话，或固守原先的教育传统，明显不合时宜。比如，当初老北大的学生确有不少逃课的，那是因为嫌课程太浅，自己泡图书馆去了。套用时尚的句式，他们不是在图书馆，就是在去图书馆的路上。因此，教授们对这些特立独行的学生，大都睁一只眼闭一只眼，甚至私下表示赞赏。而今天，我们还能假定逃课的学生都在图书馆里自修吗？

社会的期待、学问的感召，以及教师的个人魅力，确实能使部分悟性高且性情契合者感觉畅快淋漓，因而一心向学。但说实话，即便在名校里，如此理想的好学生，也都不占主流。大部分学生必须通过某种制度性的约束，方能驱使或保证其"好好学习天天向上"。既不轻言放弃，也别瞒天过海，若想保证教学质量，唯一的办法是落实淘汰制。这既是对学校信誉的保护，对用人单位的负责，也是对学生的警示。

我曾批评中国的博士教育"成材率"太高，以至无论媒体还是学生本人，考上了博士研究生，就开始以"博士"互称或自居。大学生更是如此，除非考试作弊或有其他重大缺失，否则，很难因学习成绩不好而无法毕业。从校长到教授，都希望我们的学生能平平安安走出校园；可如果换回的是一句"要想不及格也很难"，实在让人伤透了心。

学生缺课要不要管，考试作弊该不该罚，论文抄袭如何处理，学分不够能否奉送……所有在大学教书的，每天都得面对如此难题。至于是否"高抬贵手"，取决于你的良知、眼界、趣味，还有你对"教育"的理解。

今日中国，坚持自己的学术标准因而显得"铁面无私"的教授并不多见；绝大部分教授为人处世富有弹性，"关键时刻"更愿意拉受困或即将受罚的学生一把，理由冠冕堂皇——人家读这么多年书很不容易，还是"正面教育"为主。教授们的过分善良，某种意义上近乎乡愿，因其放弃应有的学术标准，其实不无世俗方面的考虑——如今各高校普遍推广学生给老师打分，得分低的教授，有讲课欠佳的，但也不乏严格要求，不愿意讨好学生的。

什么是理想的教育——严师高徒的"教"，必须与春风化雨的"育"，二者并行不悖、相辅相成，方能臻于至境。遗憾的是，今天中国大学里，二者可能都缺失，尤其是传统意义上的"严师高徒"，基本上被搁置了。如果非要用一句话来概括不可，那么，请原谅我直言不讳——今日中国高等教育之所以出现严重偏差，是在各种美妙的"教育改革"口号掩护下，自觉地大幅度地降低教学标准，导致大学生们不用怎么努力，也能吹着口哨安然过关，拿到那张印制精美且日后通行无阻的学位证书。

这就说到教育观念的问题了。不谈极少数的"读书种子"，一般大学生或研究生，其养成读书的习惯以及做学问的兴趣，一半是天性，一半靠压力。形象点说，此乃苦乐相间，喜忧参半。有没有轻轻松松就读好书的？有，但不多。而且，如果真的是这样，不是标准定得太低，就是研究方向有问题。再好的学者，也都有焦头烂额、四处碰壁、魂不守舍的时候。最乐观的结局是，经过一番挣扎与苦斗，最后终于柳暗花明，豁然开朗。在这个意义上，我不觉得从来顺风顺水、未经九曲十八弯的读书过程是值得羡慕的。

对于学生来说，无论自我加压还是外界设限，只要不过分专横与暴烈，都应该坦然承受。所谓美国名校学生读书热情高，图书馆里整夜灯火通明，背后也是有学习成绩以及奖学金等巨大的压力。我曾多次提及，北大学生到美国名校念书，第一感觉就是"燕园生活太舒服了"。走过了颤颤巍巍的高考独木桥，进入大学校园的学子们，稍微放松一点，以便重建良好的读书姿态，那是完全可以理解的。只是最近十几年的中国大学，校长求稳，教授怕麻烦，学生盼轻松，整体氛围并不鼓励"刻苦读书"。

"严师出高徒"的古训已成过去，今天的大学校长及教授，与学生谈话时，只能在"好"、"很好"、"特别好"、"了不起的好"之间斟酌用词。我很怀疑这种只讲鼓励、不能加压，更忌讳惩戒的教育方式，是否也是今天中国大学校园里读书风气不浓的重要原因。

2013 年 10 月 14 日于香港中文大学寓所

（初刊《光明日报》2013 年 11 月 6 日）

作为一种"农活儿"的文学教育

生活在现代或后现代社会,3D打印技术逐渐普及,数据库日新月异,远程教育蓄势待发,这个时候谈论古老且低效的"农活儿",似乎有点不合时宜。之所以"逆潮流而动",乃是有感于网络开放课程的声势浩大,国内各大学正奋起直追。亢奋之余,有点担心"文学教育"从此更加没落,故希望一探此潮流的好处与局限性。

自2010年人人字幕组开始批量翻译国外名校的开放课程以来,呼唤国内大学紧跟时代潮流、推进远程教学的,不仅仅是民间,还有《人民日报》等主流媒体。形势紧迫,北京大学自然不甘人后,今年3月发布《北京大学关于积极推进网络开放课程建设的意见》;6月举行第一次新闻发布会,称5年内将建设100门网络开放课程;9月17日,北大首批全球网络公开课上网。据2013年9月24日《中国青年报》称,北大预计,未来一门课程会有10万人选修,课程结束后1万人通过考试,其中100名北大在校生得到学分,其余分布在世界各地的9900人则得到课程合格证书（参见《中国大学首批网络开放课程上线　要颠覆传统教育？》）我的直觉与记者的调查大致吻合，那就是，此举将对传统教育造成巨大冲击。为了吸引众多远离教授视线、没有课堂纪律约束、随时可能离开的受众，教师的讲课风格必然趋于表演化；精心准备课件的结果是，每堂课都成了颇具观赏性的电视节目；若大面积推广此类课程，总有一天，教授们摇身一变成了演员。那样的话，网络公开课可就成"百家讲坛"的升级版了。

我当然知道方兴未艾的网络开放课程前途无量，但希望有关人士宣传时调子不要定得太高——此乃"传统课堂"的补充，而不是取而代之。因为，大学课堂千差万别，通识课的讲授或许可以"无远弗届"，专题课则很难不面对特定的修课学生。"有教无类"的理念与"因材施教"的方法之间，存在着巨大缝隙，须努力协调。而在所有课程中，最最麻烦的，很可能是兼及知识与才情、注重氛围的渲染、强调个体差异的文学教育。

几年前，我撰写长文《"文学"如何"教育"——关于"文学课堂"的追怀、重构与阐释》（《中国文学学报》第一期，香港中文大学出版社，2010年），提及"文学教育"的特殊性——这是一个门槛很低、但堂奥极深的"专业"。对于学生来说，直接面对、且日后追怀不已的，并非那些枯燥无味的"章程"或"课程表"，而是曾生气勃勃地活跃在讲台上的教授们。此文第五节专论"创作能

242.

不能教"，以沈从文在西南联大讲授"各体文写作"为例。

作为著名小说家，沈从文站在大学讲坛上，到底表现如何，很让人牵挂。西南联大历史系本科生、外文系研究生何兆武称："沈先生讲课字斟句酌的，非常之慢，可是我觉得他真是一位文学家，不像我们说话东一句西一句的连不上，他的每一句话、每一个字都非常有逻辑性，如果把他的课记录下来就是很好的一篇文章。"（《上学记》117页，北京：三联书店，2006年）表扬沈从文讲课"非常有逻辑性"，这与同时期绝大多数修课学生的描述明显背离；我更愿意相信汪曾祺的说法。

日后成为著名小说家的联大中文系学生汪曾祺，在1986年第5期《人民文学》上发表《沈从文先生在西南联大》，回忆："沈先生的讲课，可以说是毫无系统"；"沈先生的讲课是非常谦抑，非常自制的。他不用手势，没有任何舞台道白式的腔调，没有一点哗众取宠的江湖气"；"沈先生教写作，写的比说的多，他常常在学生的作业后面写很长的读后感，有时会比原作还长"（参见《汪曾祺全集》第三卷463—469页，北京师范大学出版社，1998年）。不擅长在公开场合侃侃而谈，而更喜欢私底下与学生们深入交流，这样的教学方式，今天看来稀缺得近乎奢侈。

可与汪曾祺的描述相呼应的，是诗人杜运燮的追忆："虽然也曾慕名去旁听过，但讲课的口才不是他的特长，声音很低，湘西乡音又重，有的话听不见，有的听不懂，因此听过几次后，就

243.

不想去了。但一直认为他是我的一位好老师。可说是不上课的老师。更确切点说则应该是，在他家里上课的老师。他是一位善于个别辅导和施行身教的难得好老师。我十分爱上这种课。"（参见杜运燮《可亲可敬的"乡下人"》，巴金等著《长河不尽流——怀念沈从文先生》210—213页，长沙：湖南文艺出版社，1989年）

毫无疑问，沈从文的课堂具有特殊性，因其兼及欣赏与写作；但道理是相通的，即"文学教育"必须面对每一个个体的学生。沈从文讲课没有条理，但修课的学生感觉自己很有收获，这就是文学课堂的特点。明眼人一看就明白，这种教学方式，效果极佳，但效率很低，不符合大规模生产的需要。

一听说讲授网络开放课要考虑10万收看者，作为教师，我真的是无所适从。别的课程我不懂，从事文学教育多年，深知"面对面"的重要性。打个比喻，这更像是在干"农活儿"，得看天时地利人和，很难"多快好省"。这不是我的发明，是借用二位前辈的妙喻。叶圣陶在《吕叔湘先生说的比喻》中提及，他很欣赏吕叔湘的说法："最近听吕叔湘先生说了个比喻，他说教育的性质类似农业，而绝对不像工业。工业是把原料按照规定的工序，制造成为符合设计的产品。农业可不是这样。农业是把种子种到地里，给它充分的合适的条件，如水、阳光、空气、肥料等等，让它自己发芽生长，自己开花结果，来满足人们的需要。"（《叶圣陶集》第十一卷286页，南京：江苏教育出版社，1987年）。

我相信叶、吕二老的话,从事文学教育,"的确跟种庄稼相仿"。

2013 年 11 月 3 日于香港中文大学寓所

(初刊《文汇报》2013 年 11 月 15 日)

让教育回归常识

　　获颁 "2013 年度中国教育变革人物奖"，多少出乎我意料之外。我的专业是文学史，但从 1994 年起业余研究大学教育，陆续出版了六七种书籍，并因此获得了若干学术奖励。但这回不一样，颁奖的是搜狐网，必定注重社会实践（四位获奖者，除我之外均是校长），而我只是 "舞文弄墨" 而已。而且，因拒绝只有立场而没有学养的 "呐喊"，我甚至刻意回避 "新闻性"。因此，20 年间所撰关于大学或教育的书籍，未见惊世骇俗的高论，有的只是史实与史识，再就是基于深思熟虑的呼吁：让教育回归常识。

　　不同时代、不同文化、不同阶层乃至不同职业的人，会有迥异的 "常识观"——你以为是常识，别人可能视而不见，或闻所未闻。我这里所说的 "常识"，不是孔子与柏拉图的异同，或卢梭与杜威的高下，而只是一种与生俱来、毋须特别学习的判断能力。比如教育有用、教育很慢、教育讲究积累、教育不能太功利等。这些最最简单的理念，在一个风起云涌、众人都在高谈阔论的时代，逐渐被遗忘了。因此，我的著述目标，很大程度是在唤醒公众对于"常识"的敬畏和尊重。

从表彰晚清志士的"教育救国"、阐发章太炎的"私学传统"、辨析现代大学的课程设置，再到描述抗战烽火中的弦歌不辍，乃至直面最近20年中国大学的急起直追——其中涉及当代部分，因其"贴己"且"紧迫"，有时发言稍嫌峻急了点。谈论中国大学的独立与自信、大学校长的遴选、博士生的培养、大学城的利弊得失、教育管理与学术奖励等，我都是认真的。唯一语带调侃的，是再三呼吁"马儿呀，你慢些跑"。因为在我看来，眼下的中国人，从政府官员、大学校长到普通民众，谈论教育时都过于"性急"，且过于追求"戏剧性"。

晚清以降，大凡投身教育事业的，都是理想主义者，也都懂得办教育是很崇高、但收效很慢的事业。总想找捷径，抄近路，然后一路凯歌，夹道欢迎，那不是办教育的心态。教育是个实践性学科，没那么多高深理论，需要的是志气、毅力以及情怀。认准了大方向，然后一步一个脚印地往前走，这就行了。可当下的中国大学，在扩招、升级、评鉴、排名等一系列指挥棒引领下，像"文革"中打了鸡血一样地亢奋。如此狂飙突进，短期内数字很好看，可放长视线，过于迅速的"崛起"，留下了很多致命隐患。

之所以谈论朴实无华的"常识"，而拒绝振聋发聩的"高论"，因为话说得太漂亮、太痛快的，往往是隔岸观火。前人（政府或有力者）的一个错误决策，后来者即便认清了，也必须花很大力气及技巧去修补、弥合。棋子已落，无权反悔，没有"一切推倒重来"那样的好事。在这个意义上，我尊敬那些忍辱负重，不断为各种错误决策修补漏洞的官员与专家。

不在其位，很难谋其政，没有蔡元培的"天时地利人和"，作为学者，我辈只能坚守自己的学术立场，以观察、评论、批判、对话的方式，低调但持之以恒地介入当下中国的教育改革。

2013 年 12 月 21 日于香港中文大学客舍

（初刊《新京报》2014 年 1 月 11 日）

走出大学体制的困境

——答《北京大学教学促进通讯》记者郭九苓、缴蕊问

一、"大鱼前导，小鱼从游"：
中文系的研究型教学模式

记者：非常感谢陈老师百忙之中抽出时间接受我们的采访。今天想请您先谈一谈您自己教学上的心得体会。

陈平原：我主要给研究生讲课，这些课专业性比较强，与大学本科的基础课教学从内容到形式都有明显的差别。昨天周其凤校长跟我说，希望中文系把若干课程推到网上去，向全国乃至全世界开放。这个提议很好，但开放的只能是本科生的基础课或者通识课程，研究生课程不太合适这么做。以我自己为例，讲授的多是正在研究中的课题。老师一边自己做研究，一边给研究生讲课，学生跟老师一起成长，这样才能够保证学生接受良好的学术训练，且毕业后迅速进入学界前沿。但这么做也有危险，你讲的都是"未定稿"，不受版权法保护。中文系发生过这样的事情，某著名教授

被人指责"抄袭",可实际上不是他抄人家的,而是人家抄他的。他在课堂上讲授那些还没有写成文章的新观点及新思路,被听课的学生或进修老师提前写成文章发表了。这是个矛盾,在大学里当老师,不能老是炒冷饭,又必须学会自我保护。最好的状态是,开课时已有七八成把握,课后当即撰写成文。

每个人写论文的习惯不同,我从第一次与学生交流,到最后定稿,一般经过四五年时间的折腾。小文章可以一挥而就,大文章需要长期思考、仔细琢磨、不断交流,这样才能成熟。在这个过程中,教师不断修订、完善自己的思路,学生们也能体会到老师思路的演进轨迹。这是一种"引导型"的教学模式。我曾多次引用清华大学前校长梅贻琦先生有关"大鱼小鱼"的名言:大鱼前导,小鱼尾随,是从游也;游着游着,小鱼就变大鱼了。教师做研究的时候,提示学生这个题目的可能性及发展前景,还有基本的研究方法等。你做的课题,学生很可能一下子领会不过来,但思路上会跟着走,日后说不定有十分精彩的发挥。学生一旦选定某个课题,我就不做了,怕影响他们的视野,且必须腾出空间让他们表现。

记者:从学生的角度讲,怎么才能"从游"得更好?您曾经提到自己大四的时候有一种突然开窍的感觉。

陈平原:每个人的情况不一样,有的人很早就开窍了,有的人永远不开窍。一般说来，在整个求学过程中，不断地寻寻觅觅，到了某个临界点，突然间会产生很大变化。有的因课题逼迫，有的受导师启发，有的是机缘凑合，有的甚至是因为自己的一场精神危机。一路走来很顺，没有什么挫折，不曾跌宕起伏，并不是好事情。

读书就像人生一样，积累到一定程度后，会有一个跳跃。我常引用鲁迅的《坟·题记》，要学会不无留恋地埋葬自己的过去，才能继续往前走。这种"跳跃"不是偶然发生的，而是多年积累，量变产生质变。我念硕士二年级时，撰写《论苏曼殊许地山小说的宗教色彩》，写完这篇文章，我感觉开始有了一点自己的思想及表达方式了。之前虽也发表若干文章，但那都是蹒跚学步。这里没什么"秘诀"，只是在不断努力的同时，要有寻求自我突破的意识，不能沾沾自喜、故步自封。

记者：您开设的"学术规范与研究方法"反响很大，您能介绍一下这门课的情况吗？

陈平原：这门课已开了7年，当初是鉴于整个中国大学风气败坏，还有就是学生们不太会读书，也不知道怎么做学问，因此，中文系学术委员会委托我开设这门课。这门课面对中文系3个专业7个二级学科的研究生，每年都有一百多人修习，学生来自版本目录、古文字、当代文学、文艺理论、明清戏曲、古代汉语、比较文学等不同专业方向，学识及趣味差别很大。原来我担心这门课很难吸引学生，没想到反响很好，很多人跟我说，这门课对他们触动很大，让他们不再把拿学位作为唯一目标，而是树立起一种学者的志向，一种学术精神。很多研究生原本只在自己导师的指导下阅读、思考，不习惯于从大的学术思潮以及知识谱系来反省。我逼着他们走出了狭隘的专业思路，思考各自专业知识的来源，反省教学体制，甚至涉及现有大学制度的得失利弊。这门课的作业，我每年都推荐 10 篇左右到刊物上发表，现在已发表了五十多篇。过两年，或许会编一本书，把北大中文系学生对学问的思考、焦虑与憧憬集中呈现出来。

怎么做学问，因人因时因地而异，而且，不同专业往往有不同的视野及趣味。但是，"技术"不是最要紧的，关键是养成真正的学者的心态、修养和境界。当然，这门课不是万能的，只要能促使同学们放宽自己的胸襟及视野，养成良好的学术趣味，就算成功了。

记者：上课以外，您如何对学生进行指导？

陈平原：我坚持了好多年，每星期跟自己指导的研究生吃一次饭，这或许是我教学上比较独特的地方。不是到酒店，而是上课之后，师生各自打来饭，在教研室里边吃边聊，或专业研究，或生活琐事，或热点新闻。偶尔也会带他／她们出去春游、秋游或学术考察。学生们处在成长期，有很多相似的感觉及困惑，说出来，互相交流，彼此都有好处。而且，在这种轻松的场合，更容易讨论一些即兴的、新潮的、大家都没把握的学术问题。我和夏老师各自指导的研究生因专业相近，组织了一个读书班，轮流做报告，互相切磋。我们有时也参加，但主要是学生们自己做。我说过，对于年轻学者来说，从同代人的论争及友谊中所收获的，一点不比从老师那里学来的少。

记者：关于开设读书班的做法在中文系的老师中普遍吗？

陈平原：没做过统计，但我知道，中文系有不少老师很重视课堂之外与学生的交流。有的集中读书，有的讨论问题，有的则是随意一些的聚会，只是不见得固定时间。

记者：您觉得北大中文系教学的主要特色是什么？

陈平原：注重相对艰深的专业课，这是北大中文系的一大特色。基础课学分不多，我们的重点是大量的专题性课程。通过若干必修课，给同学们建立一个大略的知识框架；但真正让他们理解各学科的魅力及精髓的，是一大堆专门性的选修课程。

记者：您觉得中文系的教学目前还存在什么问题吗？

陈平原：在"因材施教"方面，明显有欠缺。甲乙丙丁，各自天性及才情不同，高明的老师因势利导，针对每位学生的特点加以指点。做不到这么细致，起码讲课时多考虑学生的知识背景，本专业的课与外专业的课不一样，博士生与硕士生的要求也应该有差别。而现有的课程设计，对不同专业不同年级不同学力的学生的特殊性考虑不够。很多老师不怎么考虑学生的需求及接受度，自己关注什么擅长什么，就讲什么，这其实不太合适。同是传道授业解惑，掌握基础知识与探索未知世界，是两种不同的两种工作目标。

记者：这个问题应该怎么解决或从哪些方面改进呢？

陈平原：在我看来，如果小班教学和以讨论课为主这两个问题不解决，"建设世界一流大学"就无从谈起。只有实行小班教学，才可能更多顾及学生的特殊性，也才有充分讨论及互动的可能。好多年前我说过一句俏皮话：北大要想建设世界一流大学，先从教室的布置做起。教室如何安排，是教学思想与管理体制的直接表现。教室偏大，讲台凸显，桌椅固定，无法自由挪动，也就很难进行课堂讨论。老师站在台上讲，口若悬河，台下掌声雷动。这很好，可这更像是演讲，而不是课堂教学。教学必须考虑学生的才情，有明确的工作目标且循序渐进，方能与同学进行深入对话。作为教师，我们的目的不是表现自己，而是让学生从这门课程中获益并成长。

二、"山高水低，安居乐业"：
什么是好的教学管理制度

记者：北大中文系一直有优良的教学传统和治学风气。现在在市场环境的影响下，教育中出现了很多功利化的因素。系里有没有教学不太用心的老师？

陈平原：当然有，但要系里采取什么有效措施，很难。我担任中文系主任四年，任期很快就要到了，总结这四年没有达成的目标，第一条就是："以教学为本"无法真正落实。我解决了教师必须上课，但上课效果如何、用不用心，就不能保证了。这不是中文系的问题，也不是北京大学的问题，是整个中国大学的问题。我认识的国外教授，就教学而言，普遍比中国教授敬业。

当然，也有许多老师教学很认真，我有事找他们，不只一次听到这样的回答：换个时间吧，我下午有课，现在得好好休息，养精蓄锐。上课前要酝酿情绪，这样，走上讲台时，才能以饱满的精神状态面对学生。我的妻子夏晓虹也是中文系老师，"中国古代文学史"这门课已经教了二十多年了，每次上课前，她都还紧张，需要认真准备。一方面，北大学生很敏感，也很挑剔，你讲得好不好，他们心里有数；另一方面，教师们拒绝"老生常谈"，希望每次上课都能有新的思考，新的发现，新的表达。

现在的问题是，整个评价体系里，教学所占的比例太小了。我们往往更看重教师的研究成果，而不是教学态度。研究成果如何，一眼就能看得出来，且容易有定评；至于教学好坏，相对来说比较"虚"。到了晋升职称或学术评奖时，除了一些极端状态，教学好坏不起决定性作用。这就导致了老师们普遍重科研而轻教学。大家都知道这个问题，但至今没有找到好的解决办法。

记者：那您看对于教学来说，有没有可能找到一种公平的评价办法？

陈平原：北大试验过两种办法。第一是请老教授听课，帮助把把关。这措施本来很好，但现在取消了。已经退休的老教授，或仍勤奋著述，或正颐养天年，如何保证他们参与教学评鉴的积极性，是个问题。今天的中国大学，不少退休教授生活比较拮据。早年薪水低，没多少积蓄，退休后收入锐减，生活压力大。所以，如果学校还想推行老教授听课制度，首先必须保证他们的权益。还有，如何保证他们的意见受到尊重，他们的经验得以发挥，并最终影响到我们的教学，也不是一件简单的事。上世纪五六十年代，如何培养年轻教师，各大学都有明确规定；80年代中期我刚工作的时候，还隐约可见这个传统。即每位年轻教师入职后，系里会指定一位老教师"传帮带"，直到几年后你能站稳讲台挥洒自如为止。今天不一样，招进来了马上排课，老教授没义务带，青年教师也没兴趣学。

第二个办法各大学都在实行，即让学生给老师打分。不同之处在于，有的学校所有课程都打分，有的则限于本科生及研究生的必修课。但这也有问题，因为大部分学生不是从教学目标能否实现，或自家学术成长的角度来评价课程，更多考虑的是好听不好听。有的课很好听，学生们上课时很开心，但没什么实质内容；有的课程本来就比较难，学生学起来很吃力，又拿不到高分，自然评价不高。所以，学生打分只能做参考。如果过分强调学生打分，会导致老师们都去开轻松的课，且尽可能给高分，以讨好学生。上有决策，下有对策，既要拿高分，又不想影响学业，学生们于是"选修"比较善良的、"旁听"真有学问的。但凡学问好且要求严格的教授，其课堂上必有一半以上是旁听生，原因就在这。

要求必修课的分数正态分布，这能解决部分问题。但仍有老师拒绝这么做，理由是他那门课学生特别优秀，且格外用功。另外，中文系开设大量的选修课，这些课程难易程度不一，全都要求成绩正态分布，也不太合适。

教学评估很难，但这不是教学管理的关键问题。我们必须承认，大学本就是山高水低，应任凭学生自由发展。这是大学不同于中小学很重要的一点。我们只能千方百计"扶正气"，提倡好的，标榜高的；但如果希望"令行禁止"，那做不到，而且也不应该。我不太听校长的，中文系教授也不太听我的，这正是好大学的特点。反过来，如果校长、系主任特别有权威，一言九鼎，你一说老师们就都跟着做，那才是有问题的。因为，过分的"步调一致"，会导致一个系或者一个大学的风气跟着领导人的好恶而随风起舞，漂浮不定。北大不会倒，就是因为有一批很有个性、特立独行的教授，他们自有主见，不听你领导"瞎指挥"。我仔细观察过，从上世纪80年代初到现在，北大历经诸多摇摆，但主体风格始终没变，就是因为这个缘故。

北大管理很宽松，这确实也有问题；但适当容忍这些缺憾，恰恰塑造了我们相对自由的学风。我对学问比较挑剔，当系主任之后，很多人以为我会大刀阔斧地调整。我说不会的，应该是不断微调，小步快跑，这样才行。在北大这样的地方，即便你知道问题所在，也有好的对策，若急不可耐，硬要一夜之间扭过来，只能是"欲速则不达"。

记者：国外大学在教学评价方面有什么经验吗？

陈平原：从世界范围看，研究型大学评价一个教授厉害不厉害，主要不是看教书，而是看研究成果。北大从国外招聘著名学者，首先看的也是研究能力。我们的问题是一窝蜂，不同大学之间没有分工，因此也就没有自己的特色。以美国为例，文理学院和研究型大学不一样。文理学院专注本科教学，要求你首先是个好老师，然后才是一个好学者。研究型大学如哈佛、耶鲁等，确实更注重学术论文和著作,教学方面不像文理学院那么讲究、那么计较。人家是文理学院和文理学院比赛,研究型大学跟研究型大学竞争;中国则所有大学都按一个标准来衡量,这就导致那些很难量化的"教学",在整个大学中的位置明显下降。

记者:就综合性大学而言,为何我们的教授普遍比较浮躁?

陈平原:中国大学之所以格外浮躁,很大原因是我们面对的诱惑太多了。教授从学校里获得的报酬,很可能比不上从外面得到的,这就使他/她很难安心教学。我曾经说过,今天中国最大的问题是"正业报酬太少,副业收入太多"。

国外及港台大学的薪金制度比我们合理。我在香港中文大学当讲座教授,他们给我的薪水很高,但有一点,以后学校让你做任何事情,都不会再有额外报酬。而我在北大教书,正式薪水很低,但有这个补贴那个奖励,合起来高于基本工资。目前全国大学都是这个样子。在我看来,这不是一个好的管理制度。当局可能设想,不涨薪水,而改用津贴及课题费来补偿,这样便于管控,也能调动各方的积极性。这有点儿像上世纪80年代的台湾,怕各行各业互相攀比,不敢给大学教师或公务员提薪水,采用各种名目补贴。于是,如何报销单据成了一个大问题。这样的制度设计,等于逼着所有人造假。这很像今天内地的情况。

我曾在《人民日报》上撰文,说我们大家现在都"生活在别处"。

以大学为例，门卫在读书，学生去打工，教授在走穴，老板来讲课，校长做课题，官员忙兼职。在一个正常社会，本应各司其职；你可以有业余爱好，但"副业"不能成为"常态"。否则，所有的人都不敬业，事情必定一团糟。在我看来，今天中国大学里老师们教学不够用心，是整个大环境决定的，不是几句道德说教就能解决的。

三、"外部评审，国际视野"：
学术评价与人才建设

记者：学术评价制度肯定是大学教师的指挥棒，下面想请您进一步谈一下这方面的问题。为什么现在我们学术评价会有重数量、轻质量这种现象呢？

陈平原：主要原因是大学看重排名，而要提高排名，就得靠数字。只有统计学上有用的，才是真正意义上的"成果"，这一思路，还催生了一系列的奖励机制。当下中国，很少院系像北大中文系这样，坚持不额外奖励发表论文。因为我们认定，学问是做出来的，不是奖出来的。很多大学明文规定，在《中国社会科学》、《历史研究》或《文学评论》上发表一篇论文，奖多少多少钱，明码标价，保证兑现。从事科研并发表论文，本是教授的天职，一旦按篇奖励，老师们就会追求数量，整个学校也就会更加偏重科研而忽视教学。

因看重大学排名，每个大学都很在意自己的文章数。之所以规定博士生硕士生毕业前一定要发表论文，也是这个缘故。据说复旦校长曾想取消这个规定，后来还是不敢。为什么？以北大为例，每年的 SCI 论文数，将近 70% 是学生做出来的。这你就不难理解，各大学为何明知不合理，却还在拼命压学生们发表论文。论文数量一旦落下来，排名、声誉、经费、项目、招生等都受影响，校长不敢承担这个风险。

这样一来，大学越来越像研究院，校方逼着老师们以成果而不是教学为主要职责。即便知道某教师根本不把教学放在心上，只是对付着讲一点儿课，但如果他 / 她的专业做得好，院长系主任根本不敢批评，甚至还得多多表扬、奖励。你的指挥棒明摆在那里，怎么能怪老师们教学不用心？

记者：国外如何评价教授的学术水平？

陈平原：国外大学主要在选拔人才和晋升职称这两个关键环节严格把关。他们也主要看研究成果，但第一，不像我们这么强调数量；第二，并非校内评审，而是在全世界请有信誉的同行来评议。

记者：国外大学教授平时没有发论文的压力，会不会反而出现偷懒的问题？他们是如何避免这种情况的呢？

陈平原：这就看主事者的眼力。看准一个人，愿意给他多少薪水，那是根据他以前的学术表现。一般情况下，好学者大都形成了工作习惯，是停不下来的。当然也有看走眼的，高薪聘来了，可再也做不出好成果，或突然生病，或兴趣转移，或江郎才尽，这些可能性都是存在的。但评价一个制度的好坏，不能只看它有什么漏洞，更重要的是看它发挥的积极作用。终身教授制度（tenure）可以让一些人持之以恒地做他/她感兴趣的东西，这样才有可能出真正有价值的、甚至是划时代的大成果。我们现在年年评估，逼着老师们多出成果，单看数目字，确实突飞猛进，但真正有价值的东西不多。这不仅催生了很多垃圾论文，还怂恿或间接造成了学界的腐败。

记者：国内实行外部评审会有什么困难吗？

陈平原：如果若干所著名大学联合起来，互相评鉴，做得好的话，也可以比较公正。我相信中国还是有一批认真执著、有很好的学术眼光及胆识的学者，但前提是必须能够保密。今天的中国学界，任何评审都无法保密。比如今天下午院系学术委员会开会，评审教师职称，会后五分钟，就会有人打电话来责问：你为什么在会上说我的坏话？不只院系如此，学校乃至教育部的内部会议，也都迅速传到当事人耳朵里。传话的人，有的是邀功，有的是推卸责任，有的讲哥们儿义气，有的纯属为了把水搅浑。会上说好要保密的，但实际上做不到。如果严格界定，哪些该保密，哪些可公开，严格查处那些违背职业伦理者，则中国学界不会是今天这个样子。

　　记者：既然评审不能保密，那您是否赞成干脆实名评审呢？公开在某种意义上也意味着公正。

　　陈平原：我是主张重要的奖项应该实名评审的。就像诺贝尔奖一样，评委就这些，评好评坏你们承担责任。其实，重要的奖项，实名比匿名好。在中国，即便抽签选择评委也没有意义，因为教育部那里就有很多"内线"。你还没接到通知要当评委，就已经有人打电话来"拜托"了。考虑到"面子"、"人情"、"关系"等中国现实问题，一般性的评议也就算了；但重要的奖项，我建议公开评委姓名以及各自的评审意见。

　　还有，评职称是个大问题。眼下中国大学评职称，基本上采用名额制，且以内部评审为主。比如，今年人事部给中文系两个教授指标，你可少评，不能多评。至于各院系教师水平如何，年纪多大，这些都不管，指标说了算。不要说欧美著名大学，连港台各大学也都实行外部评审，合格了就晋升，没有名额这一说。而我们则主要看名额，因此，学问要做，但经营人事关系更重要，比如师承、辈分、人缘等，都将直接决定你的前程。这明显不利于那些学业专精但性格内向、"比较纯粹"的学者，且容易助长院系内部"拉帮结派"的风气。我再三给校方建议，希望北大早日取消计划经济色彩浓重的名额制，改为采用外部评审。

记者：北大现在的招聘是什么情况？就中文系来说，要招进一个人，能保证认准的这个人是有真才实学的吗？

陈平原：北大刚招聘进来的年轻教师，质量还是有保证的。问题在于，现有的北大教授并不都是合格的；而这些人做得再差，也是稳坐钓鱼台，你是无法解聘的。这是长期积累的问题，不是说改就能改的。为了避免动荡，北大现在只卡新入职的，希望十年二十年后，能逐渐调整到位。可北大招聘教师有两个不利因素：一是名额卡得太死，二是福利待遇较差。别的大学雄心勃勃，谋求大发展，空额较多，且招聘著名学者时制度灵活，可提供优厚待遇。这两点北大都做不到，所以，这些年我们流失的多，引进的少。

记者：为什么其他学校引进人才的优惠政策北大不会有呢？

陈平原：怎么说呢？校方很可能认为，你能进来就已经很不错了，"北大教授"本身就是一种象征资本。在美国，好大学必定为自己的教授提供好待遇。而中国的大学不是这样，你想进入好大学，就得相对收敛个人权益。这几年有变化，北大也在努力募集经费，提高教授们的待遇。

我曾说过，不指望北大、清华能在制度上有所创新。因为这两所学校名气太大，外面看得很紧，一举一动都被报道，且被拿着放大镜拼命解读，故无论谁主政都不敢"轻举妄动"。另外，日常事务太多了，学校领导每人分管一摊子，整天忙得像没头苍蝇一样。而要做大的变革或制度创新，关系到政策界限以及很多人的实际利益，必须深思熟虑，从长计议。我们的校长书记们没有那么多时间精力，因此，大都满足于维持现状，不出差错就行了。

记者：其实校长好像也有很多苦衷。

陈平原：你说的没错。我曾在中央党校为大学校长班讲课，校长们都说讲得很好，只有一位冒出一句："可惜你没当过校长。"我明白他的意思，一是校长有很多现实牵制我不晓得，二是当了校长以后，想问题的思路就不一样了。

记者：您觉得现在我们面临的局面比蔡元培当年更复杂吗？

陈平原：那时的大学对政府的依赖性，远没有现在这么强。为了坚持自己的理想，蔡元培动不动宣布辞职——当然都被挽留了。现在有哪个大学校长会因为自己的教育理念无法落实而去跟教育部叫板，说必须如此如此，否则我就走人？校长们大都想把大学办好，但前提是不要触犯自己的利益和地位。教育部下达的指令，明知错误也不敢反对，最多是消极怠工。当然，必须承认，今天中国大学的局面，比蔡先生当北大校长时要复杂得多。

记者：那么院系在用人方面的自主权在什么地方？我们中文系看好的新人，学校还会有额外的限制吗？

陈平原：是的，但我们会据理力争。去年我就为进人问题跟学校人事部争得很厉害，最后学校还是让步了。我一直感叹，一方面学校各职能部门的权力太大了，另一方面该管的又没有管起来。举个例子，我的母校中山大学评"逸仙学者"讲座教授，根本不跟院系商量，校长组织一个小班子讨论，再向若干著名学者征求意见，就这么定了。这样的事情，若让院系来讨论，必定打得一塌糊涂，最后伤了一堆人，效果还不好。如果招聘的是年轻教师，到底招什么专业，如何衡量，按什么标准录用，这应由院系来把握，不该交给人事部裁断。学校的事千头万绪，哪些院系做主，哪些职能部门负责，哪些属于校长直接掌控，就怕理不清。若大家都管，肯定管不好。

记者：现在人文学科有一些老师对"尽量不留自己的毕业生在校任教"这个政策有意见，您是怎么看的？

陈平原：我是赞成这个规定的。没在院长系主任这个位子上待过，对这个问题体会不深。允许留自己的应届毕业生，必定是院系里谁强势谁说了算。老教授说要立"学统",名教授说要建"团队",中年骨干则不冷不热添上一句:课总得有人上吧。这么多专业方向,各有各的需求,各有各的趣味,你听谁的?再说,博士刚毕业,成果一般不太多,不同专业的教授很难一致认定谁最有发展前途。两三年甚至四五年后,是骡是马,那时该表现的也都表现出来了。为了坚持这一制度,看准好苗子,可以送出去做博士后,再招回来。这些年中文系招聘进来的年轻教师,好多是北大毕业的,只不过都经过了一番外面风雨的洗礼。当然,之所以这么做,也有回避矛盾的意图。若允许直接留校,必定演变成为"拼导师",进一步激化院系内部矛盾,影响教师之间的团结。最好的办法是,若干名校联合起来,达成某种默契,选才时互相支持,也互相通融。

四、"学为政本,但求耕耘":
现代社会人文学者的责任

记者:对北大中文系未来的发展您有什么设想?

陈平原:北大中文系不能只在中国境内引领风骚,要在国际学术界有发言权,有影响力。这就必须立足东亚,面向欧美。这是我们的努力方向,能走到哪一步,说不清。这些年,我们每年大概选送 10 名在读博士生到国外著名大学进修一年，再回来做论文。这样的话，既扩大他们的学术视野，又让他们把根基扎在中国。我们也要求年轻教师尽可能出去进修一段时间，这方面北大人文基金可提供经费支持。

记者：除了做学问，传统上，中国的人文学者还有家国天下的情怀与担当。现代社会，人文学者如何定位自己的角色，才能对国家文化建设乃至整个社会文明进步起到推动作用？

陈平原：我刚在《人民日报》社做过一个演讲，称现代社会有三种人最具独立性：大学教授、新闻记者、作家。因为他们不依附于具体的阶层或集团，应该最能独立思考、最有批判精神，最具社会担当意识。但目前的现状不太理想，大学和媒体之间缺乏良性互动，批判功能日渐缺失，担当意识也在减弱。在所有大学教授里，人文学者应该是最有家国情怀的；如果连北大的人文学者都循规蹈矩，不敢"胡思乱想"，则国家前途堪忧。

记者：但是学者的理想总要依靠某种实质力量的支持才可能实现。像杜甫的诗句，"致君尧舜上，再使风俗淳"。他希望通过皇帝去实现，现在这条道路已经是不太可能了。今天的学者如何实现自己的理想呢？

陈平原：关心国家命运，不一定采用"上国策"的方式。要达成"再使风俗淳"的目标,也不一定非当幕僚或直接进入官场不可。传统士大夫追求"致君尧舜上",实际上这条路并没有真正成功过,更不要说"知识分子"威望日趋下降的今日。现代社会的健康发展,需要有一批人敢于坚持并大胆表达自己的理想;至于这些理念最终实现与否,不在考虑之列。记得我的导师王瑶先生当全国政协委员时有句名言:"不说白不说,说了也白说。"最后还奋力补上一句:"白说还得说!"

人文学者切忌老想着"一言九鼎",你说一句话,人家就得马上落实,否则就是"怀才不遇",没那回事。说了马上就能实现的,即便是好事,也没什么了不起。人文学者用心且用力之处,应该是理想论述及长远规划,一时看不到效果,甚至永远不可能实现,都很正常。这是人文学者跟社会科学家不同的地方。社会科学家更多强调可操作性,而人文学者主要关注理念问题、精神问题、道德问题,这都不是一下子就能解决的。但如果没有这些努力和追求,则整个社会将变得日益浮躁、平庸。

大众传媒时代,越是乱说话,越容易博得眼球。"管他对不对,能引起关注就行",这种论说姿态,我很不喜欢。我相信传统中国学者的一个基本理念——"学为政本"。学者的理想、观念及情怀,是通过他们的弟子一圈一圈往外传播的。而集合众多优秀学者的中国学界,其思考及努力,从长远看,必将影响中国社会的走向。有远大志向的学者,大都着眼于未来,追求长远的影响力,而不计较一时之短长。

(2012 年 6 月 28 日接受郭九苓、缴蕊采访，2012 年 11 月 11 日
据缴蕊、郑玉婷、郭九苓录音整理稿改定，初刊《中国大学教学》
2013 年 2 期）

作者简介

陈平原,广东潮州人,文学博士,北京大学中文系教授(2008—2012年任中文系主任)、香港中文大学中国语言及文学讲座教授、教育部"长江学者"特聘教授、国务院学位委员会学科评议组成员、中国俗文学学会会长。近年关注的课题,包括二十世纪中国文学、中国小说与中国散文、现代中国教育及学术、图像与文字等。曾被国家教委和国务院学位委员会评为"作出突出贡献的中国博士学位获得者"(1991);获教育部颁发的第一、第二、第三、第五、第六届高等学校科学研究优秀成果奖【人文社会科学】(1995,1998,2003,2009,2013)、北京市第九、第十一、第十二届哲学社会科学优秀成果奖(2006,2010,2012)等。先后出版《中国小说叙事模式的转变》、《千古文人侠客梦》、《中国现代学术之建立》、《中国散文小说史》、《触摸历史与进入五四》、《大学何为》、《北京记忆与记忆北京》、《左图右史与西学东渐》、《作为学科的文学史》、《读书的"风景"——大学生活之春花秋月》等著作三十种。另外，出于学术民间化的追求，1991—2000 年与友人合作主编人文集刊《学人》；2001—2013 年主编学术集刊《现代中国》。治学之余，撰写随笔，借以关注现实人生，并保持心境的洒脱与性情的温润。

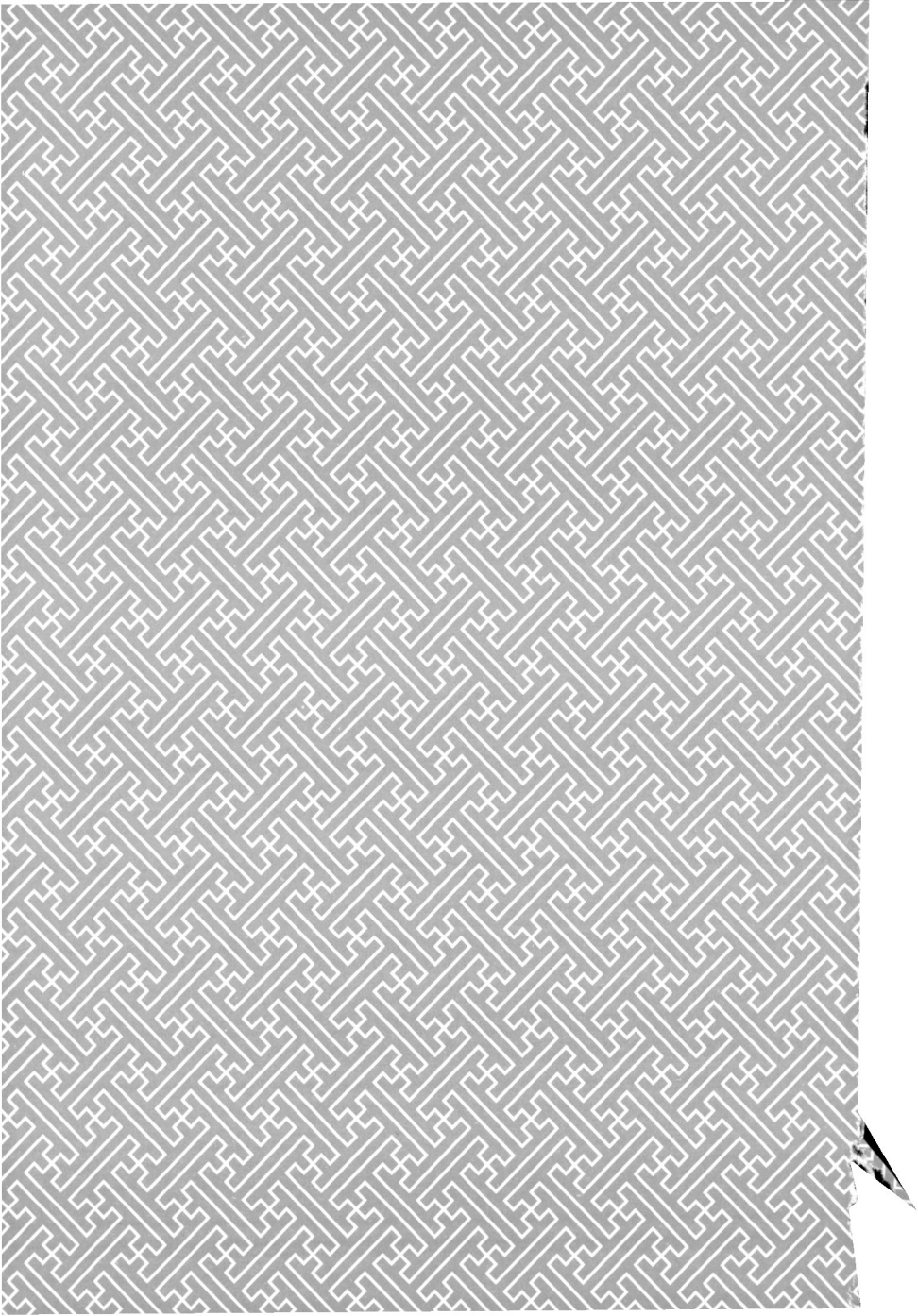